Meurtre dans les heures calmes

Un mystère Little Firling– Livre 9

Par Belinda Chavremootoo

Dédicace

Pour chaque chat qui a déjà résolu un mystère tranquillement avant que les humains ne le rattrapent. Surtout pour une.

Droit d'auteur du texte

Table des matières

Prologue

Auparavant.

L'horloge sur le mur faisait tic-tac trop fort.

02:17.

La lumière fluorescente au-dessus de la porte bourdonnait faiblement, le son à peine plus fort que les respirations superficielles provenant du lit d'hôpital.

Elle était vieille. C'était clair. Ses mains – doucement enroulées sur le bord de la couverture – étaient minces, pâles, avec une peau douce comme du papier.

Mais elle avait parlé *hier*.

Sa fille était venue. Des raisins ont été apportés. Elles avaient ri, n'est-ce pas ?

Elle n'était pas censée partir tout de suite.

La porte s'ouvrit dans un murmure.

Quelqu'un est entré – des chaussures souples. Une silhouette en blouse bleu pâle. Pas de précipitation, pas de presse-papiers, pas de bruit sauf la traction prudente des gants.

La femme dans le lit remua légèrement.

« Chut, » dit la voix, calme et gentille.

« Tu en as assez fait maintenant. »

Une main fraîche toucha son front.

« Tu peux te reposer. »

Elle n'a pas résisté. Elle ne pouvait pas.

Le moniteur émit un ton doux – un seul bip – puis le silence. Ligne plate.

La silhouette resta là un moment de plus, à la regarder.

Puis elle a éteint le moniteur, essuyé les gants et quitté la pièce – sans laisser de trace.

Le couloir à l'extérieur était immobile. Pas d'alertes. Pas de voix.

Juste du silence.

Trop silencieux.

Chapitre 1

Les matins avaient commencé à être mordants.

Annabel resserra son écharpe en sortant de Honeystone Cottage, Perséphone trottant en avant comme une reine qui s'attend à ce que le monde se lève à son passage.

Les arbres le long de la route avaient commencé à changer, des feuilles d'or et de cuivre s'emmêlant dans leur propre descente. L'air sentait la terre humide, et le ciel était d'un gris doux qui ne choisissait jamais vraiment une humeur.

« N'essaie pas de charmer les médecins trop vite, » murmura

Annabel au chat. « Qu'ils pensent que c'est moi qui ai signé le formulaire de bénévolat. »

Perséphone agita la queue comme si elle n'appréciait pas la calomnie.

***

L'hôpital sentait l'antiseptique et les draps trop lavés.

Il y avait du bruit à la réception – téléphones, claviers, le doux mouvement des talons – mais plus profondément à l'intérieur, les couloirs étaient silencieux. Pas par révérence, mais par routine.

Le genre de calme qui s'est installé il y a longtemps et ne l'a jamais quitté.

Les moniteurs émettaient des bips doux derrière des portes fermées.

Un chariot de plateaux-repas s'entrechoqua trop bruyamment alors qu'il tournait un coin trop vite, et une infirmière jura à voix basse avant de le redresser.

Annabel a été guidée vers la salle des enfants, un couloir peint par le soleil rempli de cerfs-volants fanés et de papillons déséquilibrés.

Le doux bourdonnement d'un aquarium résonnait dans le couloir, sa lumière projetant du vert scintillant sur le sol en linoléum.

« C'est un groupe mixte, » a déclaré l'infirmière. «Des chirurgies de convalescence, certaines avec des maladies auto-immunes. Un ou deux cas d'oncologie. De six à douze ans, la plupart du temps. Brillants comme tout. »

Annabel hocha la tête, les doigts se resserrant légèrement sur le livre qu'elle tenait dans sa main.

***

De retour au village, c'était Evie qui l'avait poussée dans cette aventure.

«Tu as besoin d'un but, » avait-elle dit.

« Ou au moins quelqu'un de petit et collant pour te poser des questions étranges sur les grenouilles. »

Elle n'avait pas dit *pourquoi* elle en était si certaine.

Mais plus tôt ce matin-là, Annabel l'avait croisée dans la librairie – Evie tenant une photo encadrée, à moitié dépoussiérée. Une femme d'une cinquantaine d'années souriait sous un chapeau de soleil, entourée de digitales.

Evie n'avait pas parlé. Elle l'a simplement remise sur le manteau de la cheminée un peu trop soigneusement.

« Elle est morte à cette époque de l'année, » avait-elle dit après un moment.

« Chaque automne sent comme son jardin. »

***

Les enfants l'ont encadrée comme s'ils avaient attendu toute la semaine. Un garçon à la jambe bandée lui offrit sa couverture. Une fille au crâne rasé lui a montré le lapin en peluche qu'elle avait nommé d'après le concierge de l'hôpital. L'un d'eux, avec un appareil orthopédique aux deux jambes, a demandé si Perséphone *mangeait des livres.*

Perséphone cligna des yeux et se blottit sur ses genoux comme si elle y avait toujours vécu.

Annabel a lu deux histoires, puis une autre.

C'était... bien.

Étrange, mais bien. Une sorte de paix qu'elle ne s'attendait pas à retrouver.

***

Plus tard, alors qu'ils revenaient dans le couloir, un chariot de linge de maison passa à toute vitesse, trop fort. Annabel s'écarta et une infirmière murmura des excuses rapides.

Et puis, au moment où ils atteignaient les portes de l'ascenseur, une voix silencieuse derrière eux dit :

« Tu as un don avec eux. »

Annabel se retourna, mais il n'y avait personne.

Juste le silence.

Et le doux bip d'un moniteur derrière une porte entrouverte.

***

Dehors, l'air était vif et sombre, le parfum des feuilles d'automne s'enroulant dans le vent. Perséphone a sauté sur le siège passager de la voiture sans protester – son trajet hebdomadaire de retour de ce qu'elle considérait clairement comme *« son public »*.

Annabel sourit faiblement en démarrant le moteur.

« Tu es en train de devenir une célébrité, » murmura-t-elle.

Mais son sourire s'est estompé à mesure que ses pensées revenaient – non pas vers les enfants qui riaient, écoutaient ou posaient des questions absurdes – mais vers les deux qu'elle n'avait pas vus aujourd'hui. L'un d'eux avait été transféré. L'autre... On ne lui a pas dit.

Et il y avait quelque chose dans la pièce de l'autre côté du couloir – le son caractéristique de moniteur.

La *platitude de celui-ci.*

Elle a secoué la sensation.

Mais pas tout à fait.

***

Elle ne savait pas quand les visites à l'hôpital étaient devenues un rythme – ni pourquoi elle en était venue à en avoir besoin. Elle s'est dit qu'il s'agissait de donner quelque chose en retour. *Trouver une structure. Un équilibre.*

Mais ce n'est pas tout.

Ces enfants, en particulier ceux qui avaient les poignets les plus fins et les yeux les plus courageux, *vivaient plus dur en une heure que certains adultes ne l'ont fait au cours de leur vie.*

Et Perséphone ? Elle savait.

Elle se blottissait contre les plus faibles. Elle a câliné les plus effrayés.

Et elle regardait toujours par-
dessus son épaule avant qu'elles ne
partent, comme si elle s'assurait que
rien ne restait derrière elle qui ne
devrait pas.

Chapitre 2

Ce soir-là, Evie est venue dîner.

La cuisine de Honeystone Cottage était chaleureuse et sentait le romarin et les légumes rôtis lentement. Perséphone s'enroulait entre les chaises comme un satellite poilu. Le feu crépitait dans la grille, bas et doux.

« Tu me gâtes, » a dit Evie en haussant les épaules pour enlever son manteau.

« J'étais parfaitement préparée pour le thé et les toasts. »

« Tu obtiens de la soupe, du pain frais et de l'affection de seconde main de mon chat, » a répondu Annabel. « Accepte tes bénédictions. »

Elles ont d'abord mangé tranquillement. Une sorte de calme doux. Confortable. Familier.

« Comment s'est passée aujourd'hui ? », demanda finalement Evie, attrapant une autre tranche de pain.

Annabel lui a parlé de la fille qui voulait être astronaute, et du garçon qui lui a demandé si elle pourrait apporter des livres sur les dragons la prochaine fois. Elle n'a pas mentionné le lit vide. Ou le moniteur.

« C'est étrange, » dit-elle enfin. « Je ne pensais pas que je me sentirais... nécessaire. »

« Ils te font ça, » murmura Evie. « Les enfants. Ils vous donnent envie d'essayer plus fort. »

Il y eut un moment de silence, puis Evie ramassa son verre de vin, le tournant entre ses mains.

« Ma tante avait l'habitude de dire que les enfants étaient les seuls assez honnêtes pour vous dire ce que vous êtes. »

« Elle m'a dit un jour que j'étais une mauvaise herbe sauvage avec trop d'épines. »

« Puis elle m'a tendu des gants de jardinage et m'a dit de faire la paix avec moi-même. »

Annabel l'observa attentivement.

« Vous étiez proches. »

« Elle était la seule à me vouloir. » Evie cligna rapidement des yeux. « La seule qui ne s'attendait pas à ce que je sois quelqu'un d'autre. »

« Ça fait… » sa voix s'est éteinte. « Dix ans cette semaine. »

Annabel attrapa la bouteille et remplit son verre. Perséphone sauta doucement sur les genoux d'Evie, comme si elle avait écouté tout le temps.

« Elle aimerait que tu te souviennes d'elle avec du vin, » dit doucement Annabel.

Evie sourit. « Elle aimait ses rouges. »

Puis, plus calme : « Je me demande ce qu'elle penserait de moi maintenant. »

Dehors, le vent s'est levé. Une feuille morte a heurté la vitre avec un léger bruit de papier.

Chapitre 3

Le mercredi suivant, Annabel est retournée à l'hôpital avec un nouveau sac fourre-tout – des dragons, comme promis – et une petite couronne tricotée que Perséphone avait rapidement essayé de détruire.

L'air était humide et lourd, l'odeur de la pluie s'accrochant encore aux briques. À l'intérieur, les couloirs de l'hôpital étaient plus chauds que d'habitude, comme si le chauffage avait démarré un peu trop tôt.

Dans le service des enfants, Nora – la fille tranquille aux yeux qui contemplent les étoiles – n'était pas là.

« Transférée ? » Demanda Annabel avec désinvolture en sortant son livre.

L'infirmière s'arrêta. Juste une seconde.

«Elle a déménagé dans une autre salle, » a-t-elle dit. « Peut-être qu'elle rentrera bientôt à la maison. »

Annabel hocha la tête, mais sa main s'arrêta contre la page.

Il y avait quelque chose dans cette formulation qui sonnait faux, comme une absence de joie.

C'était comme de l'évitement.

***

Les enfants étaient plus calmes ce jour-là. Plus collants. Moins de rires, plus de prise en main. Perséphone se faufila entre eux, se blottissant à côté d'un garçon avec une ligne intraveineuse et léchant ses articulations comme si elle essayait de nettoyer quelque chose qu'elle seule pouvait sentir.

« Elle est devenue très sérieuse, » a plaisanté une infirmière avec douceur. « Comme un petit docteur en fourrure. »

Annabel sourit, mais le sourire n'atteignit pas tout à fait ses yeux.

***

Plus tard, en sortant, elle passa devant un tableau blanc dans le couloir qu'elle n'avait pas remarqué auparavant. Il énumérait les anniversaires, les messages de bienvenue et une petite note sur *la sortie de Nora*.

Elle a été griffonnée à la hâte. L'écriture était différente.

Et où le nom de l'infirmière aurait dû être figuré... il avait simplement été barré.

***

Ce soir-là, de retour à Honeystone Cottage, elle se versa un verre de vin et se pelotonna sur le canapé,

Perséphone à ses pieds. Elle a fouillé dans son sac pour trouver le dépliant de remerciement hebdomadaire de l'hôpital – de petits dessins des enfants, des mises à jour des bénévoles.

Mais alors qu'elle dépliait le papier, ses yeux se sont arrêtés sur une liste de transferts de patients.

Pas de Nora.

Pas sous les enfants.

Pas sous général.

Pas sous oncologie.

Elle vérifia deux fois. Puis encore.

Cela aurait pu être une erreur.

Ou peut-être que cela ne signifiait rien du tout.

Mais quelque chose s'installa dans son estomac comme un brouillard.

Elle ne savait pas encore quoi.

Seulement qu'elle ferait *plus attention la semaine prochaine.*

Chapitre 4

Le marché de Little Firling sentait les feuilles mouillées, les brioches à la cannelle et les potins.

Annabel tenait en équilibre son panier d'osier sur un bras, une liste mentale s'écoulant alors qu'elle cherchait des graines de coriandre et remplissait son pot de sumac. Le marchand – un homme joyeux en pull tricoté avec une tache de betterave – l'a accueillie avec son clin d'œil habituel.

« De retour à l'hôpital aujourd'hui ? » a-t-il demandé.

« Hier, » a-t-elle dit. « Ils ont commencé à appeler Perséphone 'Docteur Paws'. »

« Devrait être celle qui prescrit des câlins pour tout le service, » a-t-il souri. « Mieux que le lot qu'ils ont. »

Elle sourit poliment, mais elle était distraite.

Plus loin dans la ruelle, près des chariots de légumes, deux femmes âgées discutaient doucement à côté de paniers de prunes de fin de saison et de pommes meurtries.

« ... n'a même pas eu l'occasion de dire au revoir, » disait l'une d'elles.

« Ils ont dit que c'était pacifique. Juste... est allée dans la nuit. »

« C'est le troisième ce mois-ci. »

Annabel n'avait pas l'intention d'écouter.

Mais ses mains s'arrêtèrent sur un bouquet de romarin.

Et ses oreilles se sont mises à l'écoute avant qu'elle ne leur dise de le faire.

« De quelle salle s'agissait-il ? »

« Palliatif, je pense. Ou peut-être général. Vous savez ce qu'il en est avec eux. »

Elle avança rapidement, mais les mots la suivirent dans la rangée de stalles.

***

Au comptoir de l'apothicaire, elle rencontra Mlle Tamsin de la boutique de charité, qui choisissait soigneusement des pastilles contre la toux et de la camomille en vrac.

« J'ai entendu parler de la petite fille, » dit-elle doucement.

« Nora ? Ma nièce fait du bénévolat au bureau – elle a dit qu'elle est décédée la semaine dernière. C'est déchirant. »

Annabel cligna des yeux.

« Je pensais qu'elle était sortie de l'hôpital pour retourner chez elle. »

« Non, non, » dit Mlle Tamsin. « Ce n'était pas son heure, la pauvre. Mais ils ont dit que c'était pacifique. Un membre du personnel de nuit l'a trouvée endormie. Juste... qu'elle ne s'est jamais réveillée. »

***

Annabel rentra lentement chez elle.

Elle ne savait pas ce qu'elle pensait exactement.

Juste que *sortie* et *morte* n'étaient pas synonymes.

Et ce quelqu'un, quelque part... avait menti.

Chapitre 5

Annabel retourna à l'hôpital le mercredi suivant avec un nouvel exemplaire de *Le jardin secret* dans son sac et une pochette de friandises pour chats que Perséphone avait été connue pour exiger au milieu de l'histoire.

Elle ne savait pas si c'était le temps plus froid ou sa propre humeur, mais les couloirs semblaient plus sombres ce jour-là. Ou peut-être simplement plus calme.

Alors qu'elle atteignait le bureau des bénévoles, une voix familière l'arrêta dans son élan.

« Alors, tu n'as pas vu le virage ? »

« Non, monsieur. Tout s'est passé si vite. Je me souviens que le chien aboyait, et puis... »

L'agent de police Tom Oakes se tenait au coin du couloir, un carnet à la main, parlant doucement à un homme portant une attelle de poignet et une veste abimée.

« Tom ? » dit-elle en s'approchant.

Il leva les yeux, surpris.

« Annabel ! Que fais-tu ici ? »

« Je lis aux enfants. Et toi ? »

« Juste de la routine – un petit incident, rien de criminel. Il est tombé dans un fossé en essayant de récupérer son chien de la route. Heureusement, ce n'était pas pire. »

L'homme fit un petit signe de la main de sa bonne main. « Ce n'était pas la faute du chien, » murmura-t-il. «Juste… j'étais perdu dans ma tête. »

«Vous allez bien ?» demanda doucement Annabel.

« En quelque sorte. Ces dernières semaines ont été difficiles. »

« La famille ? » demanda-t-elle, et elle le regretta immédiatement.

Il hocha la tête, les yeux baissés.

« Ma nièce est décédée ici. Nora. Vous l'avez peut-être vue. »

Annabel se figea.

Tom regarda entre eux, les sourcils levés.

« Tu la connaissais ? »

« Je lui ai lu, » dit lentement Annabel. « Mais on m'a dit qu'elle était sortie de l'hôpital. »

« Non, » dit l'homme, « ils ont dit que c'était paisible. Qu'elle est partie dans son sommeil. Mais... Cela ne semble pas réel. Elle allait mieux, vous savez ? »

Il s'essuya rapidement le visage.

« Ils l'ont dit...que cela s'est juste produit. »

***

Annabel ne savait pas quoi dire.

Tom lui jeta un coup d'œil tandis que l'homme était doucement guidé par une infirmière.

« Tu vas bien ? » demanda-t-il doucement.

« Je ne suis pas sûre, » a-t-elle répondu. « Je pense qu'on m'a raconté différentes versions de la même histoire. »

« Cela ne veut pas dire que quelque chose ne va pas, » a-t-il déclaré.

« Non, » a-t-elle accepté. « Mais c'est... inhabituel. »

Chapitre 6

C'est Evie qui l'a soulevé.

Elles revenaient à pied du bureau de poste, les bras chargés de livraisons de livres emballés dans du brun et de potins frais, lorsqu'Evie s'arrêta devant le vieux panneau d'affichage à l'extérieur de la mairie.

« Oh, » a-t-elle dit. « C'est triste. »

Un nouvel avis de funérailles avait été affiché – simple, écrit à la main, épinglé avec une punaise dorée.

« Glenda Marsh. 74 ans. Décédée paisiblement à l'hôpital de Little Firling. Aucun proche parent connu. »

Annabel fronça les sourcils. « Elle vivait à Little Yewling, n'est-ce pas ? »

« Près du verger de pommiers. Elle a toujours porté ces énormes boucles d'oreilles. » Evie pencha la tête. « Elle avait l'habitude d'aider à la fête du village. Elle avait un caractère un peu explosif.»

« Avait-elle de la famille ? »

« Juste un cousin, je pense. Mais ils ne parlaient pas. Il y a eu une dispute au sujet d'un testament il y a des années. Glenda vivait seule. »

« Était-elle malade ? »

Evie s'arrêta.

« Pas que je sache. Elle avait des problèmes à la hanche, mais je pensais qu'elle allait mieux. Elle l'a cassée lors d'une chute le mois dernier, mais je l'ai rencontrée la semaine dernière. Elle a dit qu'elle allait bientôt sortir de l'hôpital. Elle avait hâte de rentrer à la maison pour s'occuper de ses hortensias. »

Annabel regarda de nouveau l'avis.

« Aucun arrangement funéraire n'est répertorié. »

« Probablement cela sera géré par le conseil, » a dit Evie calmement. « Personne ne l'a planifié. »

***

Elles firent le reste du chemin en silence, à l'exception du craquement des feuilles sous les pieds.

De retour à la boutique, Annabel aida Evie à trier les nouveaux arrivants. Mais le titre d'un livre – *Les heures calmes* – lui est resté en tête.

Ils étaient tous seuls.

Ils s'amélioraient.

Et ils sont morts.

***

Ce soir-là, elle a commencé une liste.

Elle ne savait pas pourquoi.

Elle a juste... noté les noms qu'elle avait entendus au cours du mois écoulé.

Nora. Glenda.

La sœur de l'homme au marché.

Et la femme du café dont l'oncle « vient de s'éclipser ».

Elle regarda la liste longuement.

Juste des noms.

Mais *d'une manière ou d'une autre, ensemble... Ils ressemblaient à un modèle.*

Chapitre 7

Le bureau de l'état civil de la paroisse se trouvait derrière la bibliothèque de Little Firling, à côté d'un radiateur cassé et d'une étagère de puzzles à moitié finis. Il sentait faiblement le papier humide, le thé à la vanille et le lent soupir du temps.

Annabel s'est enregistrée avec son script soigné habituel.

Prue, au bureau, ne demanda pas pourquoi.

Elle connaissait Annabel – ancienne professeure, copropriétaire d'une librairie, bénévole de longue date – et on l'avait vue faire des choses plus étranges pour la recherche au fil des ans.

« Décès à l'hôpital, ces derniers mois ? » Demanda Prue, sortant déjà le dossier. « Pas beaucoup ces derniers temps. Pourtant, la vie garde son propre calendrier, n'est-ce pas ? »

Annabel offrit un sourire neutre.

« Il me suffit de regarder à travers. Quelque chose m'a traversé l'esprit. »

***

Elle apporta le registre à une table tranquille sous la fenêtre, où la lumière de l'après-midi adoucissait les bords de la page.

Elle ne savait pas trop à quoi s'attendre.

Elle se disait qu'il s'agissait de mettre de l'ordre dans ses pensées.

Mais elle en a eu *trop de ces pensées ces derniers temps.*

***

Le registre était bien rangé. Chaque page est écrite à la main avec une forme travaillée. Les détails enregistrés étaient le nom, les dates de naissance et de décès, le lieu du décès, le nom de l'informateur et la cause du décès.

Mais au bout d'une demi-heure, elle a remarqué *quatre entrées* qui n'étaient pas tout à fait correctes.

***

La première était pour Nora Hensley, âgée de 9 ans, décédée de causes naturelles et sa mort informée par la sœur de la paroisse.

Annabel se souvint du sourire éclatant de Nora, de son projet de devenir vétérinaire. Le personnel avait dit qu'elle allait bien.

La deuxième entrée était celle de Glenda Marsh, âgée de 74 ans et morte d'un arrêt cardiaque, mais l'informateur était porté disparu. Evie a dit qu'elle s'améliorait. Il devait être libéré cette semaine-là.

La troisième entrée était celle de Morris Elford, âgé de 81 ans, sans proche parent avec cause de décès comme *« En attente d'examen du coroner »*. Annabel se demanda pourquoi la cause était toujours en suspens alors que cela faisait six semaines.

Enfin, le quatrième cas est celui de Dorothy Combs, âgée de 88 ans, dont l'infirmière a annoncé le décès.

Mais le nom de l'infirmière a été écrit sur une bande de correction. En dessous, quelque chose était faiblement griffonné. Tous les quatre sont morts sans que leur famille soit présente au petit matin.

Trois d'entre eux sont décédés entre 2h10 et 4h00 du matin à l'hôpital Little Firling. Ce n'était pas le nombre, mais la *répétition des conditions* qui mettait Annabel mal à l'aise.

l'aise.

***

Annabel copia soigneusement les notes dans son carnet. Elle ne tirait pas de conclusions hâtives – elle ne l'a jamais fait. Mais quelque chose dans la forme des données l'a fait réfléchir.

« Ils étaient censés s'améliorer. »

Elle ne savait pas si c'était vrai pour tous les noms.

Mais elle savait que c'était pour Nora.

Et Evie avait juré que c'était pour Glenda.

Et elle se rappela comment Perséphone s'était blottie ce jour-là à côté de Nora, silencieuse et immobile.

Comme si elle le savait déjà.

***

Elle ferma doucement le registre et le remit sur le bureau.

« C'est fait ? » demanda Prue en ajustant ses boucles d'oreilles en forme de champignons.

« Pour aujourd'hui, » répondit Annabel en glissant son carnet dans son manteau. « Je pourrais revenir. »

« Quelque chose d'intéressant ? »

Annabel s'arrêta.

« Je ne suis pas encore sûre. Mais... Quelque chose ne va pas. »

« C'est drôle comme on dit toujours ça quand les feuilles commencent à tourner, » a gloussé Prue.

Annabel sourit faiblement, mais le sourire n'atteignit pas tout à fait ses yeux.

Dehors, le vent chassait un tourbillon de feuilles d'or sur le trottoir comme des secrets fuyant juste hors de portée.

Chapitre 8

Annabel apporta des sablés.

Ça n'a jamais fait mal.

Le bureau du coroner du district de Suffolk s'est occupé des décès à Little Firling et dans les villages environnants – les petits endroits n'avaient pas leur propre coroner. L'installation principale était nichée derrière une rangée d'unités commerciales et avait l'écho stérile des lieux censés se sentir efficaces plutôt que réconfortants.

À l'intérieur, les sols brillaient de vinyle pâle et les murs d'un bleu-gris étaient propres. Pas d'encombrement. Pas de tapis. La faible odeur d'antiseptique flottait sous le bourdonnement des plafonniers.

Layla Shaw, l'assistante du coroner, l'a accueillie à la porte avec un badge à pince et un regard qui disait qu'elle était à la fois curieuse et très légèrement préoccupée.

« Encore toi, » dit-elle en souriant à moitié. « Aimant à problèmes. »

« Curiosité professionnelle, » répondit Annabel en soulevant la boîte. « Et un pot-de-vin. »

« La diplomatie des sablés. Entrez. »

Layla tapota sa carte pour déverrouiller les portes intérieures.

« Le Dr Jameson est là, » ajouta-t-elle par-dessus son épaule. « Il a été discret en râlant à propos d'un dossier dont vous êtes probablement ici pour parler. »

***

La salle de conférence était minimaliste : table en acier poli, deux chaises, pas d'encombrement. Un classeur était parfaitement aligné sur le côté. Même le son semblait plus mince ici, comme si les mots devaient marcher prudemment.

Perséphone resta dans son porte-bébé près des pieds d'Annabel, les oreilles tremblantes à chaque écho de mouvement.

Le Dr Jameson entra avec un café noir et son air habituel de détachement vif.

« Dr Deighton, » salua-t-il, utilisant le titre avec sa formalité mesurée habituelle. « Quelle corde tirez-vous cette fois ? »

« Juste un qui ne semblait pas tout à fait noué. »

« Morris Elford ? » demanda-t-il en se baissant dans le fauteuil en face d'elle.

« Six semaines. La cause du décès n'est toujours pas connue. »

Il hocha la tête. «Techniquement, des causes naturelles. Mais la paperasse n'était pas complète – l'infirmière traitante n'avait pas signé le tableau final des médicaments, et le moment était... inattendu. »

« Inattendu de quelle manière ? »

« Il était stable. Sa sortie était prévue dans la semaine. »

Layla croisa les bras. « Alors, nous l'avons signalé. Nous avons demandé le tableau de traitement complet, le calendrier des médicaments et une déclaration de témoin. »

« Est-ce la norme ? » demanda Annabel.

« Pas toujours, » a répondu Jameson. « Mais lorsqu'un patient meurt du jour au lendemain, sans surveillance, et qu'il n'était pas considéré comme un palliatif, nous devons être minutieux. Surtout quand aucun proche parent n'est disponible pour faire part de ses préoccupations. »

Annabel hocha lentement la tête.

« C'est ça le truc, » a-t-elle dit. « Il n'y a pas que Morris. J'ai vu quatre autres cas. Heure de décès similaire - tôt le matin. La plupart sans famille. L'un d'eux avait une sortie prévue. L'un d'eux n'avait aucun informateur répertorié. »

Jameson sirota son café. « Vous pensez que c'est un modèle ? »

«Je pense que c'est plus qu'une coïncidence. Peut-être une question de procédure. Peut-être une faute professionnelle. »

« Pas un meurtre ? » Demanda Layla, silencieusement mais directe.

« Je n'en sais pas encore assez pour utiliser ce mot, » a déclaré Annabel. « Mais le motif bourdonne. »

Jameson baissa les yeux sur ses notes. Il ne sourit pas, mais il y eut une légère lueur d'espoir comme une reconnaissance professionnelle.

« Nous avons déjà vu des maisons de soins couvrir des faux pas, » a-t-il déclaré. « Et à l'hôpital, on rogne sur les coûts. C'est plus facile quand personne ne regarde. C'est encore plus facile quand les patients n'ont personne pour les attendre. »

Layla a murmuré : »Tu penses que cela pourrait être... délibéré ? »

« Non, » a déclaré Jameson. «Mais je pense que quelque chose ne va pas. Et il est grand temps que nous y regardions de plus près. »

***

Alors qu'Annabel se levait pour partir, Perséphone laissa échapper un trille bas et peu impressionné depuis son porteur.

Jameson inclina la tête. «Vous l'amenez à l'autopsie maintenant ? »

« C'est une professionnelle du soutien émotionnel, » a répondu Annabel. « Philosophe à temps partiel. »

Layla sourit. « Nous vous ferons savoir ce que nous allons trouver. »

« Merci, » a dit Annabel. « Pour écouter. »

Jameson hocha la tête, les yeux plus perçants.

« Faites-nous savoir si d'autres noms commencent à fredonner. »

Chapitre 9

C'était une rare soirée tranquille à Honeystone Cottage.

Annabel avait préparé un risotto aux champignons – terreux, réconfortant – et Evie avait apporté une bouteille de Rioja avec une étiquette qu'elle avait principalement choisie pour sa police audacieuse.

Le feu crépitait dans l'âtre, et Perséphone somnolait sur le tapis comme un sphinx paresseux, sa queue frémissait de temps à autre au gré de rêves qu'elle seule connaissait.

Elles parlèrent d'abord de choses banales : les livres, les potins du village, l'affreux nouvel étalage chez les épiciers. Mais quelque chose dans la voix d'Annabel avait porté la tension toute la nuit. Pas de souci, exactement. Mais *la lourdeur.*

Quand elles se furent installées sur le canapé et que le vin les eut réchauffées toutes les deux, Annabel prit la parole.

«Evie... Tu te souviens beaucoup de la dernière semaine de ta tante ? »

Les doigts d'Evie se crispèrent autour de la tige de son verre. Elle n'a pas levé les yeux tout de suite.

« Pas grand-chose, » a-t-elle finalement dit. « J'essaie de ne pas me souvenir. »

« Je regardais des dossiers d'hôpital, » continua doucement

Annabel. « Et quelque chose n'allait pas. Pas à propos de ta tante en particulier, juste un modèle. »

Evie n'a pas répondu immédiatement. Elle prit une longue gorgée de vin, puis posa le verre avec un peu plus de force que nécessaire.

« Elle allait mieux, » a-t-elle déclaré. « C'est ce qu'ils m'ont dit. Elle a dit qu'elle était grincheuse et qu'elle demandait à rentrer chez elle. Elle voulait faire des blagues. »

« Tu te souviens de qui te l'a dit ? »

« Une infirmière, je pense. Par téléphone. Je n'étais pas ici – j'étais allé à Brighton pour une histoire. Une inondation ou quelque chose de dramatique qui ne s'est pas réellement produit. À l'époque, je travaillais comme journaliste. »

Elle expira, courte et brusque.

« Ils ont appelé et ont dit qu'elle était décédée dans son sommeil. Ils ont dit que c'était paisible. Inattendu, mais... paisible. »

«As-tu vu son tableau ? As-tu parlé à un médecin ? »

« Non. C'était déjà finalisé au moment où je suis arrivée. »

Annabel tendit la main et posa une main sur la sienne.

« Tu n'as pas besoin de te sentir coupable... »

« Mais je le suis, » coupa Evie, la voix serrée. « Parce qu'elle était *seule*. Parce qu'elle m'a fait promettre de revenir jeudi et qu'elle est morte mercredi *soir.*»

Le silence tomba un instant, interrompu seulement par le bruit du bois de chauffage.

« Je me souviens que l'infirmière a dit : *« Cela nous a surpris aussi. »* Et j'ai pensé... pourquoi ne lui ai-je pas demandé ce que cela signifiait ? »

***

Perséphone sauta sur l'accoudoir et appuya sa tête contre l'épaule d'Evie.

Evie la caressa distraitement, les yeux au loin.

«Elle n'était pas en train de mourir, » murmura-t-elle. « Elle allait *mieux.*»

L'esprit d'Annabel se balança tranquillement dans son fichier mental.

Encore un nom. Encore une histoire.

Une mort de plus *à laquelle on ne s'attendait pas.*

«Te souviens-tu du nom de l'infirmière ?» demanda-t-elle doucement.

Evie secoua la tête. « Pas de badge. Pas de nom. Juste... des yeux fatigués et une voix douce. »

«Serais-tu prête à me laisser y jeter un coup d'œil ？»

Evie hésita.

Puis, lentement, elle hocha la tête.

« S'il y a la moindre chance... » dit-elle, la voix légèrement cassée, « que quelque chose s'est passé – et je n'ai jamais posé les bonnes questions... »

« Alors, demandons-leur maintenant, » a dit Annabel.

Chapitre 10

Il était près de minuit lorsque le message arriva.

De : *Layla Shaw*

Objet : *Re: Question posée discrètement*

Corps:

Annabel

Je ne voulais pas mettre cela dans les notes du système. Mais j'ai pensé que vous devriez le savoir – le dossier de post-mortem de Morris Elford est revenu de l'examen de l'hôpital. Il y a une note dans la marge de son triage initial : «La mobilité s'améliore, les signes vitaux sont stables, la tension artérielle est gérée. »

Aucune mention d'un changement de condition avant le moment du décès. En fait, le médecin traitant avait marqué «sortie probable dans les 48 heures».

Cela vous semble familier ?

– L.

Annabel s'assit devant son ordinateur portable. La pièce était sombre, à l'exception de la lumière de la lampe et des yeux de Perséphone qui se reflétaient sur elle comme des lunes jumelles.

Oui.

Cela semblait très familier.

***

Le lendemain matin, Annabel s'est rendue à l'hôpital Little Firling sous le prétexte d'une visite : l'un des habitués du service des enfants était rentré chez lui, mais elle avait promis de ramener son livre préféré au cas où il reviendrait pour des examens.

Elle a apporté des pâtisseries. Elle a apporté des sourires.

Evie n'a pas voulu venir.

« Ce n'est pas que je m'en fiche, » a-t-elle dit en croisant les bras. « C'est que je ne peux toujours pas franchir ces portes sans voir le lit. »

Annabel n'a pas insisté. Elle ne l'a jamais fait.

« Je comprends, » dit-elle doucement. « Ça te dérangerait-il si je leur posais des questions à son sujet ? Juste sur la chambre, le moment. Rien de confidentiel. »

Evie hésita, puis hocha la tête une fois.

« Elle était dans la chambre 304. Aile orthopédique. Son nom était Constance Caldwell. Ils ont dit qu'elle sortait de l'hôpital jeudi. »

Une pause.

« Elle est morte mercredi soir. »

***

Annabel demanda des nouvelles de quelques-uns des enfants à qui elle avait fait la lecture, s'attarda près du tableau des bénévoles, puis s'approcha de la réception de sa voix la plus calme.

« La tante de mon amie est décédée ici il y a quelques années, » a-t-elle dit. «Nous essayons de rassembler quelques éléments de cette époque - rien de médical, je vous le promets. Juste de la mémoire. »

La réceptionniste leva un sourcil mais hocha poliment la tête.

« Savez-vous le service hospitalier? »

« Orthopédie, salle 304. Elle s'appelait Constance Caldwell. »

La réceptionniste fit défiler un terminal derrière le bureau, fronçant légèrement les sourcils.

« Un peu en arrière pour que le système puisse contenir les détails, » murmura-t-elle. « Mais je peux vérifier les registres d'occupation. Attendez. »

Quelques minutes passèrent.

« Oui, la voici. Salle 304. Elle était enregistrée pour une fracture de la hanche. Décharge programmée… Jeudi 9. »

« Et la date de sa mort ? »

La femme s'arrêta, puis cliqua plusieurs fois.

«Mercredi soir. Le 8.

Son ton changea – subtilement, mais Annabel le saisit.

« La décharge a-t-elle été annulée ? »

« Pas sur le registre, » dit lentement la femme. « Parfois, le système n'est pas mis à jour immédiatement. Mais si elle était décédée... Je m'attendrais à une annulation de sortie. »

Elle offrit un sourire neutre. « Désolée, je ne peux pas donner plus d'informations. »

« Vous m'avez beaucoup donné, » dit doucement Annabel.

***

Dehors, le vent s'était levé.

Annabel se tenait près de la voiture, les mains profondément cachées dans son manteau, regardant une paire de feuilles s'enrouler en spirale vers le trottoir du parking.

« Vous étiez presque à la maison, » murmura-t-elle. « Presque. »

Puis elle a ouvert son carnet et a tracé une petite ligne sous une liste croissante de noms – chacun avec un *avenir prévu qui a disparu du jour au lendemain.*

La chambre 304 n'était plus seulement un numéro. C'était une question qui attendait d'être posée.

Chapitre 11

Tout a commencé, comme beaucoup de choses avec un cahier et un crayon, pour Annabel.

Le salon de Honeystone Cottage était exceptionnellement calme, même pour un dimanche. La pluie tachetait les vitres, et Perséphone ronflait doucement près de la cheminée, ses pattes se contractant au rythme de rêves invisibles.

Sur la table à manger :

- Un tableau en liège
- Une théière
- Plusieurs fiches
- Une longue série d' *incertitudes*

Annabel fixa les noms qu'elle avait griffonnés et épinglés en forme d'arc de cercle.

- Constance Caldwell – Salle 304, fracture de la hanche, amélioration
- Morris Elford – PA stabilisé, aucun parent, sortie prévue
- Nora Hensley – enfant, mort « inattendue mais paisible »
- Glenda Marsh – joyeuse et prête à rentrer à la maison
- Dorothy Combs – nom de l'informateur corrigé après la mort

Chacun était mort *dans la nuit*.

Chacun n'avait *pas de famille à son chevet*.

On s' *attendait à ce que chacun d'eux se rétablisse.*

Annabel a ajouté une autre rubrique « Vu ou oublié ? » et a commencé à noter tranquillement si quelqu'un leur rendait visite régulièrement, si les infirmières écrivaient « joyeux » ou « difficile » et si quelqu'un avait peut-être mal compris la solitude comme un abandon.

Elle a commencé avec Constance.

Evie était partie en mission. Son nom n'a été répertorié dans aucun registre de l'hôpital. Il était tout à fait possible que le personnel de nuit n'ait jamais su qu'elle existait.

Morris Elford — pas de famille connue.

Glenda Marsh – veuve, silencieuse, personne n'a mentionné son arrivée.

Nora Hensley — des parents débordés par un deuxième enfant qui avait besoin de soins à temps plein.

Dorothy Combs — le personnel n'a pas pu localiser la famille. Pas de visiteurs.

Les décès ne se sont pas juste produits la nuit.

Ils se sont déroulés *en silence.*

Annabel regarda le tableau et ressentit un frisson qui n'avait rien à voir avec le temps.

Qui décide que quelqu'un est oublié ?

Au centre du tableau, elle a écrit :

« Le personnel. Routine. Opportunité. »

Puis elle l'a souligné.

***

Plus tard dans l'après-midi, elle s'est glissée dans le pub du Lièvre et du limier – où le feu rugissait, les commérages plus forts, et Bernard nettoyait des verres de pinte avec tout le drame d'un homme polissant des bijoux.

Elle n'a rien demandé au début. Elle a commandé son habituel Earl Grey, et a trouvé une table d'angle tranquille afin d'écouter.

« Je vous le dis, ils auraient déjà dû la ramener chez elle, » a déclaré une femme. « Elle était stable depuis une semaine. »

« Les hôpitaux traînent les pieds. Le personnel est terrible. Tu sais que Rita fait encore la nuit ? »

L'oreille d'Annabel se contracta à cela.

« Rita Hembry ? »

« Oui. Une femme silencieuse. Elle vit près du verger. Elle a trois chats à qui elle parle comme s'ils étaient colocataires. »

« Ce sont ses colocataires, » dit sèchement Bernard. « Et elle préfère les chats aux gens. Ce n'est pas que je lui en veuille. »

Les rires se sont élevés.

Annabel sirota son thé, laissant le fil se mettre en place.

Rita.

Travaille la nuit.

Personnel de nettoyage - pas médical, mais présente.

Invisible. Et observatrice.

Et... une personne à chat.

***

Ce soir-là, Annabel attacha le harnais de velours de Perséphone (une affaire royale, tolérée seulement sous réserve) et l'emmena faire l'une de leurs *promenades fortuites*.

Elle fit une boucle près de la lisière du verger où vivait Rita, ralentissant son pas lorsqu'elle vit les lumières allumées à la fenêtre – et l'ombre indubitable d'une queue de chat qui voletait sur le rebord.

Perséphone miaulait ostensiblement.

« Oui, » murmura Annabel. « Je sais. Tu préférerais être à la maison. Mais nous sommes en mission de diplomatie. »

Et avec un ronronnement bas et encourageant... Elles s'approchèrent de la porte.

Chapitre 12

Le chalet de Rita Hembry était modeste et bien entretenu, niché derrière une clôture maigre bordée de capucines fanées. Il y avait des statues de chats en céramique sur le rebord de la fenêtre et un petit carillon éolien en forme d'empreinte de patte.

Annabel tapota une fois. Perséphone miaulait bruyamment, comme si elle s'annonçait.

La porte s'ouvrit en grinçant juste assez pour révéler le visage buriné de Rita, encadré de courtes boucles grises et des yeux fatigués mais perçants.

« Je ne reçois pas de visites. »

« J'ai amené quelqu'un qui insiste sur le fait qu'elle n'est pas une visiteuse, » dit Annabel calmement.

Perséphone émit un petit trille de reine.

Derrière Rita, un grand tigré apparut à la fenêtre. Il miaula une fois et disparut.

L'expression de Rita n'a pas changé, mais la porte s'est ouverte plus largement.

« Entrez. Ne laissez pas le chat à poil long près de la cheminée. Elle aime mettre le feu à sa queue. »

***

L'intérieur sentait faiblement l'huile de citron, les biscuits pour chats et quelque chose qui cuisait. Il y avait trois chats : le tigré, un chat écaille de tortue endormie sur l'accoudoir d'une chaise, et un roux dégingandé étendu comme un roi sur le rebord d'une fenêtre. Perséphone s'est faufilée, a jeté un long coup d'œil et a immédiatement grimpé sur le bras de la chaise à côté du chat tortue.

Pas de sifflement. Juste une brève tape du nez.

C'était, apparemment, un sommet d'égaux.

« Elle a des manières, » a déclaré Rita. « Mieux que la plupart des gens. »

« Je l'ai élevée avec des normes. »

Elles se sont assises. Rita versa du thé sans demander. Pas de sucre, pas de lait. Juste de la chaleur et de l'habitude.

« J'ai entendu dire que vous travaillez de nuit à l'hôpital, » dit Annabel après quelques gorgées tranquilles.

« Le nettoyage, » a dit Rita. « Des couloirs, des salles d'attente, parfois des salles de service s'ils sont en sous-effectif. »

« Vous souvenez-vous d'une patiente d'il y a quelques années ? Constance Caldwell. Orthopédie. Chambre 304. »

Les yeux de Rita se plissèrent légèrement.

«Elle se parlait à elle-même en taillant des roses imaginaires. On lui avait posé une prothèse de hanche. Elle voulait rentrer chez elle. »

« Elle est morte la nuit précédant sa sortie. »

« C'est ce qu'ils ont dit. »

« L'avez-vous vue cette nuit-là ? »

Rita s'arrêta. Un de ses chats a sauté sur ses genoux et elle l'a caressé lentement.

«J'ai fait mes tournées vers trois. Sa porte était fermée, la lumière éteinte. L'infirmière a dit qu'elle s'était couchée tôt. »

« Quelle infirmière ? »

« Le personnel de nuit tourne. Ça aurait pu être Cara. Ou la grande avec la tache de naissance, toujours sur son téléphone. »

«Est-ce que quelque chose semblait... étrange ? » demanda doucement Annabel.

Rita s'arrêta.

« Cette infirmière, dit-elle, je l'ai déjà vue. Pas seulement une fois. Il y a quelques mois. Dans la même équipe. Une autre personne était morte. Dans un autre service — la cardiologie, je pense. Le patient devait aussi rentrer à la maison. Il ne recevait pas de visiteurs. »

Annabel inclina légèrement la tête.

« Vous vous souvenez de cela ? »

«Je me souviens du livre de puzzles sur son plateau,» a déclaré Rita. «Il finissait des mots croisés pendant ma tournée. La lumière était éteinte une heure plus tard. On l'a trouvé froid le matin. »

Elle prit une longue gorgée de thé.

«Pas d'alertes. Pas de panique. Juste... parti. »

Annabel sentit son crayon se contracter dans son sac, voulant l'écrire.

« Et l'infirmière ? »

«Même démarche. Même parfum. Le genre qui essaie de couvrir la fatigue. Elle était là, et puis elle n'y était pas. »

« Connaissez-vous son nom ? »

« Pas de badge, » a dit Rita. « Elle n'en porte jamais un. Grande. Cheveux bruns. Quelque chose accroché à son col. Voix douce. »

Annabel hocha lentement la tête, l'image se formant.

« Vous avez vu plus que vous ne le pensez. »

« Je nettoie, » a déclaré Rita. « C'est mon travail de remarquer ce qui a été laissé derrière. »

Un silence s'installa entre elles, lourd mais pas inconfortable.

Annabel sirota son thé et regarda Perséphone, qui était maintenant recroquevillée avec la tortue comme si elles étaient nées sous la même lune.

« Vous souvenez-vous de ce qui a été laissé derrière ? »

Rita ne répondit pas pendant un long moment.

« La tasse à thé de Caldwell, » dit-elle enfin. «Il y avait encore un demi-biscuit dans l'assiette. Le livre de Sudoku de l'autre patient était ouvert. Il venait de commencer un nouveau puzzle. »

« Et aucune alerte n'a été déclenchée ? »

« Ils ont été trouvés le matin, » dit Rita en posant sa tasse. « Parce que personne ne regardait avant. »

Annabel hocha la tête une fois.

« Merci. »

« Je n'ai rien dit d'utile. »

« Vous l'avez fait, » a dit Annabel.
« Vous en avez dit plus que le système
ne pourrait jamais le faire. »

Chapitre 13

La pluie avait repris, tapant contre les fenêtres en rafales irrégulières. Annabel venait de terminer de réarranger deux notes sur son tableau en liège : elle déplaçait légèrement Dorothy Combs et Glenda Marsh, essayant de tracer des lignes plus claires entre les dates et les lieux de service.

Elle n'entendit pas la porte s'ouvrir — Perséphone aussi, ses oreilles claquantes brusquement.

« La porte arrière était ouverte, » appela Evie depuis la cuisine. « J'ai apporté ce filet de citron que tu aimes. »

Annabel se retourna en souriant faiblement. « Tu es une sainte. »

« À peine. Je l'ai volé lors d'une réunion à laquelle je ne voulais pas assister. »

Elle entra dans la pièce, essuyant la pluie de sa veste. Perséphone se faufila autour de ses chevilles, puis s'élança vers la planche avec sa curiosité habituelle.

Evie se figea.

Ses yeux se fixèrent sur le nom fixé au centre gauche du tableau en liège.

CONSTANCE CALDWELL

Âge : 68

Sortie : Prévue

Décès : Nuit

Visiteurs : Aucun répertorié

Evie ne parla pas.

Pas au début.

Elle traversa lentement la pièce et fixa la carte. Sa bouche se resserra. Ses mains se crispèrent et se desserrèrent le long de ses côtés.

«Tu as mis son nom sur le tableau, » a-t-elle dit, platement.

« Evie... »

«Non. C'est bien. » Sa voix s'est brisée sur le mot *bien* . « Elle a sa place là, n'est-ce pas ? »

Annabel hésita. « Seulement parce qu'elle correspond au modèle. »

«Parce que quelqu'un *pensait* qu'elle était seule. »

Annabel ne bougea pas.

Les yeux d'Evie brillèrent, mais elle cligna des yeux.

« Je n'étais pas là. J'étais dans la foutue ville de Brighton, à la poursuite d'un déluge qui n'est jamais venu. Je lui ai dit que je serais de retour jeudi. Elle est morte mercredi soir. »

Un rire amer. « C'est pratiquement de la poésie, n'est-ce pas ? »

« Evie, rien de tout cela n'est de ta faute. »

« Peu importe. » Elle s'essuya les yeux, brutalement. « Elle pensait que j'allais venir. Je ne l'ai pas fait. Alors, quelqu'un – quelqu'un – pensait *qu'elle n'avait personne.* Que personne ne pose de questions. »

Elle prit une profonde inspiration.

« Eh bien, je suis là maintenant. »

Perséphone poussa contre sa jambe, silencieuse mais insistante.

Evie regarda de nouveau le tableau.

« Celui qui a fait ça... Ils pensent qu'ils sont intelligents. Tranquilles. Chirurgicaux. »

Ses yeux se plissèrent. « Mais ils ont raté quelque chose. Ils *m'ont* manquée.»

Annabel l'observa attentivement.

« Tu veux participer ? »

La réponse d'Evie a été instantanée.

« Bon sang, oui. »

Elle attrapa un stylo sur la table et le poignarda vers le tableau.

« Alors, par où commencer ? »

Chapitre 14

Evie a montré son ancienne carte d'identité à la réception avec une confiance qui ne laissait aucun doute.

«Evie Heath, indépendante. Je fais un article sur les programmes de bénévolat dans les systèmes de santé ruraux. J'ai besoin seulement de quelques notes rapides. »

La réceptionniste avait l'air fatiguée et peu investie. « Vous devrez vous renseigner auprès de quelqu'un de l'administration. »

« Je l'ai fait déjà, » mentit-elle doucement. « Ils m'ont dit que je pouvais commencer par le quartier B, puis de revenir en arrière. Je demande juste des trucs légers. Pour l'intérêt humain. »

La femme lui fit signe de passer sans même la regarder.

***

Elle était à l'intérieur.

L'hôpital était différent lorsque vous n'étiez pas en deuil ou que vous ne transportiez pas de fleurs. Il avait un avantage : tout le bourdonnement des machines, le cliquetis des chaussures du personnel, l'ennui silencieux de l'attente.

Evie se déplaçait comme si elle était à sa place, son bloc-notes à moitié visible dans son sac et ses yeux *partout*.

Elle passa la tête dans le coin des bénévoles.

Elle a discuté avec un porteur des distributeurs de collations.

Elle a griffonné des notes insignifiantes et a attendu jusqu'à ce qu'elle voie *une infirmière en blouse bleu marine* sans insigne passer.

Grande.

Cheveux bruns tirés en arrière.

Clip sur le col.

Avec des pas silencieux.

Evie la suivit, subtilement.

***

Elle la rattrapa près de l'extrémité du couloir, faisant semblant d'inspecter le panneau d'affichage des bénévoles.

« Salut, » dit Evie avec éclat.

« Ça vous dérange si je vous pose une question rapide ? »

L'infirmière se retourna lentement. Son expression était polie mais impassible.

« Cela dépend de la question. »

« Vous travaillez de nuit, n'est-ce pas ? »

« Parfois. »

« Êtes-vous ici depuis longtemps ? »

« Un moment. »

Pas de balise nominative.

Evie s'est impliquée juste assez pour que sa présence soit ressentie, et non comme une nuisance.

«Je fais un reportage sur les bénévoles – mais j'entends toujours parler de votre nom. C'est vous qui êtes toujours calme sous la pression, n'est-ce pas ?»

Un battement. Un tressaillement au coin de l'œil de l'infirmière.

« Je préfère le calme, » a déclaré la femme.

« Vous souvenez-vous d'un patient nommé Morris Elford ? »

Une pause.

Trop longue.

Puis:

« Non. Nous voyons beaucoup de patients. »

« Il adorait le Sudoku, » a ajouté Evie.

L'infirmière cligna des yeux. Une seule fois.

« J'ai vraiment besoin de retourner. »

« Bien sûr, » sourit Evie. « Mais juste une de plus...

« J'ai dit... » La voix de l'infirmière s'est faite légèrement plus incisive. « Je dois retourner. »

Elle s'est retournée et s'est éloignée – vive, entraînée, rapide.

Evie la regarda partir ; son cœur battant plus vite qu'elle ne le laissait paraître.

Je t'ai eue.

***

De retour à Honeystone Cottage, Annabel était en train de préparer des tasses lorsque la porte s'est ouverte en un clin d'œil et qu'Evie est entrée en trombe.

« Elle est réelle. Grande. Cheveux bruns. Pas de badge. Et *elle a tressailli* quand j'ai mentionné Morris. »

Annabel le regarda fixement. « Tu es entrée ? »

« M'aurais-tu arrêtée ? »

« Non. Mais je t'aurais préparé un déjeuner. »

« La prochaine fois. »

Elle se laissa tomber sur une chaise.

« Je pense qu'elle est le lien. Maintenant, nous n'avons plus qu'à le prouver. »

Annabel lui passa un biscuit.

« Alors nous ferions mieux de nous mettre au travail. »

Chapitre 15

Rita s'attendait à rencontrer Annabel ou Evie.

Pas les deux ensembles.

Annabel se tenait juste à côté de la marche du porche ; Perséphone se blottissant calmement dans ses bras comme une diplomate à fourrure.

Evie se tenait à côté d'elle, les bras croisés, la mâchoire serrée, les yeux perçants mais fatigués.

Rita ouvrit la porte sans un mot et s'écarta.

La bouilloire était déjà allumée.

***

Elles restèrent assises en silence pendant quelques minutes, les chats tournant en rond comme de curieux fantômes.

Perséphone s'installa de nouveau à côté de la tortue, et Evie lui gratta l'oreille distraitement, les doigts un peu trop serrés.

Annabel parla enfin.

«Rita... Je vous ai décrit l'infirmière. Celle qu'Evie a vue à l'hôpital. »

Rita hocha la tête une fois. Son visage était impassible.

« Grande. Cheveux bruns. Clip au niveau du col. Pas de badge. »

La voix d'Evie intervint : « Elle n'a pas bronché quand j'ai posé des questions. Mais elle s'est refermée comme une huître. Comme si elle avait l'habitude de s'en tirer sans problème. »

Les mains de Rita étaient croisées sur ses genoux, immobiles comme du lin plié.

« Je l'ai vue, » dit-elle enfin. « Quelques fois. Toujours la nuit. Toujours partie le matin. Elle ne parle pas. Elle ne sourit pas. Elle ne porte pas de nom. »

Les doigts d'Evie se contractèrent.

« Alors vous savez. C'est elle. »

« Peut-être, » dit doucement Rita. « Mais savoir... n'est pas la même chose que de prouver. »

Evie expira, trop brusquement.

«Et alors ? On attend un autre corps ? »

Annabel tendit la main. Juste un effleurement du poignet.

« C'est pourquoi nous sommes ici. »

***

Il y eut une longue pause. La bouilloire a cliqué.

Rita se leva, versa le thé. Une tasse, deux tasses, trois. Elle leur tournait le dos pendant qu'elle parlait.

« Ma sœur est morte à l'hôpital. »

Evie leva les yeux.

« Morte tranquillement, » continua Rita. « Rien de suspect.

Juste... qu'elle ne se sentait pas bien. L'infirmière m'a dit qu'elle s'était éclipsée. Mais je l'avais vue cet après-midi-là. Elle avait ri. Je lui ai parlé de poulet rôti. »

Elle se retourna, glissa une tasse vers Evie.

« Il ne faut pas grand-chose pour que quelqu'un s'en aille. Mais il faut *quelque chose.* Et quand les gens cessent de poser des questions... »

Sa voix s'éteignit.

Annabel ajouta doucement : « Vous avez déjà vu cette infirmière, n'est-ce pas ? Autour d'autres patients ? »

Rita hocha la tête.

« Elle flotte. Entre les salles. Je ne peux pas retracer son l'horaire. Mais je sais que d'autres la voient. Le personnel, les nettoyeurs et les porteurs de nuit. Certains s'en souviennent. Quelques... ne veulent pas. »

Evie se redressa.

« Alors, demandez-leur. Tranquillement. Officieusement. »

Rita la regarda, et quelque chose changea.

Pas tout à fait un sourire. Pas tout à fait de la tristesse.

« Tu l'aimais, » dit-elle simplement.

Evie cligna des yeux. « Quoi ? »

« Ta tante. »

Evie déglutit difficilement ; mâchoire serrée.

« Elle était ma famille alors que personne d'autre ne l'était. Et quelqu'un pensait qu'elle n'avait pas d'importance. »

Rita hocha la tête une fois.

« D'accord alors. Je vais demander autour de moi. »

***

Dehors, le vent s'était levé. Perséphone se frotta contre les chevilles de Rita en sortant, laissant une traînée de fourrure et des remerciements silencieux.

Annabel jeta un coup d'œil à son amie.

« Tu vas bien ? »

Evie regarda devant elle.

« Non. Mais je le serai. »

Chapitre 16

L'hôpital n'avait pas changé. Pas vraiment.

Même panneau scintillant dans le couloir à l'extérieur du quartier C.

Le même chariot qui grinçait toujours sur la roue droite.

Le même distributeur automatique qui détestait prendre des pièces après minuit.

Rita s'y déplaçait comme un fantôme avec une serpillière et des gants.

« Tu as des yeux d'aigle, » lui avait dit un jour son superviseur. « C'est dommage que personne ne lève les yeux. »

Ce soir, elle ne levait pas les yeux non plus.

Elle écoutait .

***

Elle a commencé dans la salle de pause du personnel.

Norma, l'une des autres femmes de ménage, terminait son service avec un café tiède et des mots croisés.

« Vous avez vu la grande infirmière tout à l'heure ? » Demanda Rita avec désinvolture.

« Laquelle ? »

« Cheveux bruns. Elle porte une pince de col mais pas de badges nominatifs.

Norma renifla. « L'ombre ? »

« C'est comme ça que les gens l'appellent ? »

«Pas en face. Ne pensez pas que quelqu'un n'a jamais essayé. Elle dégage cette ambiance de ne me dérangez pas. »

Norma se pencha en baissant la voix. « Vous savez qu'elle n'est pas officiellement affectée à un seul service ? »

« Flotteur ? »

« C'est ce qu'ils disent. Mais je vous jure, elle est toujours là *auprès* les cas bizarres. »

«Lesquels sont les bizarres ? »

Norma lui jeta un coup d'œil.

« Allez, Rita. Tu as nettoyé suffisamment de chambres froides. »

Rita ne dit rien. Elle venait juste de siroter son propre thé.

« Elle était là quand ce garçon brûlé est mort. Tout le monde disait qu'il s'en sortait. Le lendemain matin, il était parti. »

Rita hocha la tête une fois.

« Merci, Norm. »

***

Dans la buanderie, elle a relancé la conversation – doucement.

« Vous avez déjà lavé le linge de la chambre 304 ? »

L'homme de l'équipe de nuit, Paul, s'est arrêté. « Il y a quelques semaines. Une vieille dame. Elle avait toujours son sac à tricoter. »

« L'infirmière qui l'a apporté – grande ? Ne portant pas de badge ? »

« Oui, » a dit Paul en fronçant les sourcils. « Je me souviens d'elle. Parce qu'elle n'a rien touché. Elle est restée là à attendre le médecin comme si elle était en avance pour une réunion. »

« Vous connaissez son nom ? »

« Non. Elle ne signe jamais rien. J'ai vu ses initiales cependant. »

Rita leva brusquement les yeux.

« Des initiales ? »

«Dans l'un des classements. Pas quelque chose d'officiel. Juste une note laissée sur un presse-papiers avant pour être transmise à l'administration. »

Il plissa les yeux, pensif.

« H.S., je pense. Ou peut-être H.R. Quelque chose comme ça. »

Rita retint son souffle, mais elle garda son visage neutre.

« Merci. »

***

Plus tard, dans le placard à linge entre deux services, elle a sorti son téléphone à clapet – le genre dont tout le monde se moquait mais *il ne lui jamais fait défaut.*

Elle a envoyé le message sans fioritures.

Initiales : HR. Le personnel dit qu'elle flotte. Pas de badge. Là quand les patients déclinent. Je continuerai à creuser.
   –R

Elle ne l'a pas envoyé à Annabel.

Elle l'a envoyé à Evie.

Parce qu'*Evie n'avait pas besoin d'être adoucie.*

Elle avait besoin de feu.

Et *Rita lui a fait confiance.*

Chapitre 17

Le message est arrivé à 6 h 42.

Initiales : HR. Le personnel dit qu'elle flotte. Pas de badge. Là quand les patients déclinent. Je continuerai à creuser.

–R

Evie cligna des yeux une fois, puis s'assit bien droite.

« HR. HR. HR… »

Elle attrapa son ordinateur portable et une tasse de thé qui avait refroidi pendant la nuit.

Perséphone, recroquevillée dans le creux du canapé, miaulait sa désapprobation.

«Désolé, reine du duvet. C'est la guerre. »

***

Elle a d'abord consulté l'annuaire du personnel de l'hôpital — basique, peu pratique, avec la moitié des liens cassés. Mais peu importait.

Evie avait des doigts de journaliste. Elle tapait comme si les touches lui devaient des réponses.

Recherche : *H.R.*

Rien.

Recherche : *Personnel infirmier – Quart de nuit*

La recherche était lente, elle tournait en boucle.

Puis : une liste.

Rangée après rangée. Prénoms. Services hospitaliers. Les chefs d'équipe. Le personnel de relève.

« Allez, allez… »

Puis ses yeux se posèrent dessus.

Harriet Rose

Infirmière de relève – Couverture de nuit en rotation

- Affectée à : Médecine générale, Orthopédie, Cardiologie, Oncologie
- Date de mise en œuvre : il y a 3,5 ans
- Contact : Interne seulement
- Pas de photo

« Je t'ai eue. »

Le cœur d'Evie lui sauta à la gorge.

Tous les services correspondaient. Le timing correspondait.

Infirmière de relève – c'est ainsi qu'elle flottait entre les pièces.

C'est pourquoi personne ne l'a vraiment suivie.

Et pas de balise?

Peut-être parce *qu'elle ne voulait pas être vue.*

Elle a attrapé son téléphone et a envoyé un texto à Annabel :

Nous avons un nom : Harriet Rose. Vérifiez tes e-mails. Tu ne vas pas l'aimer.

— Evie

***

Au moment où Annabel a ouvert la porte, Evie en était déjà à sa deuxième tasse de café, trois onglets ouverts et à mi-chemin d'une copie imprimée de l'ancienne rotation de l'hôpital en 2021 à partir d'une archive en ligne.

« Harriet Rose, » dit-elle avant même qu'Annabel ne puisse parler. « H.R. Infirmière de nuit. Elle fait de la rotation. Elle ne porte pas de badge. Celle que Rita a vu, celle que j'ai vue, et je te parie *que jusqu'au dernier filet de citron* qu'elle était de service de nuit le soir où le tableau de bord s'est illuminé.

Annabel prit la tasse qu'on lui tendait. «Tu n'aimes même pas les filets de citron. »

« Exactement. C'est dire à quel point je suis sérieuse. »

Annabel s'assit, feuilletant les notes, silencieusement.

« D'accord, » a-t-elle dit. « Alors, voyons *où est Harriet Rose ce soir.*»

Chapitre 18

La salle de pause sentait le vieux café et les restes de pâtes.

Norma racontait des ragots au sujet des fiançailles de quelqu'un, et deux infirmières juniors faisaient défiler leurs téléphones avec un ennui travaillé.

Rita prit sa place habituelle près de la bouilloire. Même tasse ébréchée.

Même silence.

Elle attendit que la pièce s'éclaircisse.

Puis, avec désinvolture, presque comme si elle faisait des commentaires sur le temps, elle demanda :

« Quelqu'un a-t-il vu Harriet Rose dernièrement ? »

Une cuillère tinta brusquement contre la porcelaine.

L'une des jeunes infirmières – une jeune fille au visage pâle et aux cheveux coupés – leva les yeux trop rapidement.

Puis, tout aussi rapidement, détourna le regard.

Norma fronça les sourcils. « Pourquoi le demandes-tu ? »

Rita haussa les épaules.

«Je l'ai vue la semaine dernière. On aurait dit qu'elle était partout cette nuit-là. »

Une autre infirmière renifla. « Elle l'est toujours. Elle flotte comme une ombre sanglante. »

Mais la fille aux cheveux courts – Amy, Rita s'en souvenait maintenant – se tenait debout.

« Ne devrais-tu pas être près de la salle E cette heure ? »

« J'ai fini tôt. »

« Alors peut-être vaut-il mieux ne pas s'impliquer dans les affaires du personnel. »

Rita croisa son regard.

Le sourire d'Amy était petit. Froid. *Travaillé.*

« Mets-toi aux serpillières, Rita. »

Personne n'a ri.

Le micro-ondes a émis un bip.

Norma trouva soudain quelque chose d'intéressant dans son thé.

Rita ne dit rien. Elle se leva, ramassa sa tasse et partit avec une dignité tranquille.

Mais ses mains… *tremblaient.*

***

De retour dans le couloir de la buanderie, elle s'appuya contre le mur et expira lentement.

Pas une menace. Pas un cri.

Juste un *changement.* Une *fissure.*

Elle était censée être invisible.

Mais *quelqu'un l'avait remarquée.*

***

Cette nuit-là, elle a envoyé un deuxième message, cette fois à Annabel et à Evie.

J'ai interrogé sur Harriet. On m'a dit de faire attention à mon travail. Quelque chose est en train de changer. Faites attention.

–R

Chapitre 19

Les mains de Rita s'enroulèrent autour de la tasse de thé comme s'il s'agissait d'une longe.

Annabel était assise en face d'elle, calme mais stable.

«Tu as fait plus que ce à quoi tout le monde s'attendait, » dit doucement Annabel.

« Mais je ne veux pas que ton nom se retrouve sur ce tableau. »

Rita n'a pas souri.

« Je suis invisible depuis des années. Mais là ? Ils me voient maintenant. »

« Exactement, » dit Annabel. « Alors sois là où ils ne regardent pas. »

Elle a sorti un calendrier en papier plié – des suggestions de rotation de nettoyage, des rotations de postes.

« Change tes horaires. Matinées de travail. Flotte comme Harriet flotte. Si elle ne sait pas où tu es... Elle ne peut pas te coincer. »

Rita fixa la page.

«Elle n'a rien fait. Pas à moi. »

Annabel croisa son regard.

« Pour l'instant. »

***

Entre-temps...

Le moteur était éteint, mais Evie était assise, les clés à la main, les doigts tambourinant.

Elle était garée juste à côté de la sortie latérale de l'hôpital, dans un endroit mal éclairé destiné au personnel. La pluie était venue et repartie, laissant l'asphalte glissant et réfléchissant.

« Allez, allez... »

Puis elle l'a vue. Grande. Cheveux bruns. Ce même col clipsé. Toujours pas de balise.

Harriet Rose sortit seule.

Elle n'a pas regardé autour d'elle.

Elle marchait une sorte de... *vide.*

Evie n'a pas bougé jusqu'à ce qu'Harriet soit à un demi-pâté de maisons.

Puis elle a passé la première, phares éteints, et a suivi à distance.

***

Ce n'était pas loin.

Une impasse tranquille bordée de petites maisons.

La maison d'Harriet était à mi-chemin – mitoyenne, tous les rideaux tirés, la pelouse tondue à ras.

Elle entra sans s'arrêter. Les lumières sont restées éteintes.

Evie s'est garée dans la rue et a attendu.

Et a regardé.

Et elle a attendu encore un peu.

Son téléphone a vibré. Annabel.

Elle répondit calmement.

« Je l'ai. »

« Evie, qu'est-ce que tu veux dire... »

«Je l'ai suivie depuis l'hôpital. J'ai une adresse. Rue calme, a l'air trop soignée. Comme elle. »

« Et ? »

« Et je veux frapper. »

Une pause.

Puis : « Attends-moi. »

«Je le fais déjà. Dépêche-toi. »

Chapitre 20

Harriet Rose ouvrit la porte d'un geste surpris, toujours en blouse d'infirmière, les cheveux à moitié attachés, un bol de céréales dans une main et une chaussette accrochée à son coude.

Elle cligna des yeux une fois, deux fois.

« Quoi... ? »

Annabel s'avança. « Toutes mes excuses pour la visite. Nous ne vous garderons pas longtemps. »

Harriet regarda derrière elle – vit Evie juste derrière, les bras croisés et du feu dans les yeux.

« J'appelle la police. »

« S'il vous plaît, faites-le, » a dit Evie. « Vous êtes partout. Littéralement. »

« Excusez-moi ? »

« L'orthopédie. Oncologie. Cardiologie. Pas de badge. Pas de section. Mais toujours là... quand les choses tournent mal. »

La main d'Harriet plana sur le cadre de la porte.

« Qu'est-ce que c'est ? Qui êtes-vous? »

« Je suis la nièce de Constance Caldwell, » répliqua Evie. « Et tu étais la dernière personne dans sa chambre. »

Le silence était suffocant.

Puis Harriet recula, juste assez pour qu'elles puissent entrer.

***

L'intérieur ne correspondait pas à ses changements fantomatiques.

L'appartement était sombre, encombré et sentait faiblement le linge humide et les céréales périmées.

Des piles de courrier non ouvert vacillaient sur le buffet.

Il y avait des plats rassemblés sur toutes les surfaces disponibles.

Une plante poussiéreuse s'affaissait dans un coin, comme si elle renonçait.

Harriet laissa tomber le bol sur le canapé, manquant presque un coussin.

« Je ne sais pas ce que vous pensez faire. Mais je ne suis pas ce que vous cherchez. »

La voix d'Annabel était égale.

« Vous étiez présente pour plus de décès inexpliqués que la plupart des infirmières principales. »

« Coïncidence. »

« Les coïncidences n'évitent pas les badges. Elles ne flottent pas entre les services sans papiers. »

« Personne ne m'a dit que je devais rester au même endroit. Ils manquent toujours de personnel. Je vais là où on m'envoie. »

« Et vous faites votre travail ? » Demanda Evie, les bras toujours croisés.

Harriet ne répondit pas.

Au lieu de cela, elle s'est affalée sur le canapé et s'est frotté les yeux.

« Je... j'essaie. Je suppose. »

« Des gens sont morts sous votre surveillance. »

« Les gens meurent tout le temps à l'hôpital. »

Evie s'avança. « Ils étaient en train de se rétablir. Ils avaient des visiteurs qui venaient. Ils n'étaient pas prêts. »

Harriet leva alors les yeux – fatiguée, oui. Mais pas cruelle.

Juste... *vide.*

« Vous pensez que je l'ai fait ? »

Elle eut un rire amer.

« Si seulement j'avais autant de contrôle. La plupart des nuits, je sais à peine dans quelle pièce je me trouve. »

Annabel s'assit doucement. « Alors peut-être que vous n'avez rien fait. »

« C'est ce que j'ai dit. »

« C'est peut-être là le problème. »

Harriet cligna des yeux.

« Quoi ? »

« Vous n'avez pas remarqué, » dit doucement Annabel. « Vous n'avez pas écouté. Vous n'avez pas vérifié à nouveau les signes vitaux. Vous n'êtes pas restée quand vous auriez pu.

Peut-être que vous n'avez rien fait de *mal*.»

Elle s'arrêta.

«Vous *n'avez tout simplement rien fait*.»

La bouche d'Harriet s'ouvrit, puis se referma. Ses doigts fouillèrent le tissu de sa manche.

« Avant, j'étais douée pour ça. Pour les soins infirmiers. Je crois. Mais maintenant, tout est si bruyant. Et si rapide. Et personne ne reste. Tout le monde part. Alors, je… me contente d'être là. »

Evie secoua la tête. Pas par colère maintenant, mais juste par *déception*.

«Vous ne savez même pas ce que vous avez manqué, n'est-ce pas ? »

« Non. »

« Alors vous ne devriez pas être là. »

Elles se sont levées.

Annabel se tourna vers elle à la porte.

« Nous n'arrêterons pas de chercher. Mais si vous vous souvenez de quelque chose – n'importe quoi – vous nous le dites. »

Harriet ne répondit pas.

Mais elle n'a pas fermé la porte non plus.

Chapitre 21

Honeystone Cottage était silencieux avec les lampes éteintes ; Perséphone était recroquevillée dans son fauteuil préféré comme une couronne sur du velours.

Annabel se tint de nouveau devant le tableau. Les noms lui revenaient à l'esprit : les dates, les quarts de travail, les quartiers.

Toutes les lignes menaient au même point :

Harriet Rose était toujours là...

... mais jamais assez pour être celle-là.

Evie faisait les cent pas derrière elle, tasse à la main, la voix basse et déchirée par la frustration.

« Si ce n'est pas elle, alors qui est-ce ? »

Annabel ramassa une épingle et la tint entre ses doigts comme si elle contenait un poids.

«Quelqu'un qui sait quand Harriet est en service. Quelqu'un qui connaît le système. »

« Le personnel médical ? »

«Trop évident. Trop facile à tracer. » :

« Alors, qui ? Le concierge ? »

«Peut-être. Mais il y a un autre type de personne. »

Elle se retourna lentement, les yeux plissés par la pensée.

«Quelqu'un qui *avait sa place ici. Ou... qui fait semblant.*»

Evie s'arrêta de faire les cent pas.

«Tu penses qu'ils ne sont pas du personnel ? »

Annabel hocha la tête.

« Je pense qu'ils l'étaient. Ou étaient assez proches pour qu'on leur fasse confiance. Peut-être quelqu'un avec des *connaissances médicales*, mais *sans supervision.*»

Evie fronça les sourcils. « Comme un premier intervenant ? »

« Ou un bénévole. Un ancien infirmier. Un membre de la famille qui connaît l'agencement. Quelqu'un qui *se fond dans la routine*. Qui se glisse dans l'hôpital comme nous nous glissons dans la boutique du village. »

Elle fixa de nouveau le tableau.

« Et s'ils ne sont pas sur la liste...
C'est parce qu'ils ne sont pas censés l'être. »

***

Le lendemain matin, Evie était en train de déchirer un croissant chaud comme s'il l'avait personnellement insultée, au pub du Lièvre et du limier, lorsque Bernard est passé à leur table.

« Vous êtes toujours en train de creuser dans ce désordre à l'hôpital ? » demanda-t-il nonchalamment, en versant du thé comme si de rien n'était.

Annabel leva un sourcil. « Qu'avez-vous entendu ? »

« Seulement que quelqu'un a posé des questions sur les infirmières. Et les nettoyeurs. Et les corps flottants. »

Il se pencha plus près. « Tu ferais peut-être mieux de parler à ce gars qui est toujours là. »

« Quel gars ? »

«Je ne sais pas son nom. Un homme plus âgé. Vraiment poli. Un peu formel. Vous connaissez le type. Il vient depuis des mois maintenant à l'hôpital - je pense qu'il a une femme ou une sœur dans un service de longue durée.»

Il agita vaguement la main. « Quoi qu'il en soit. Vous le verrez toujours lire près des fenêtres. Même banc.

Même le personnel lui fait signe de la tête comme s'il était à sa place. »

Evie et Annabel échangèrent un regard.

« Savez-vous à quoi il ressemble ? » demanda Annabel doucement.

« Cheveux gris. Il boite légèrement. Il porte toujours une sacoche. Et il porte une écharpe même quand il fait chaud. Il dit qu'il aime se protéger du froid. »

La main d'Evie se resserra autour de sa fourchette.

« Merci, Bernard. »

« Pas de problème. » Il lui fit un clin d'œil. « Vous finissez toujours par y arriver, tous les deux. »

Chapitre 22

Les hôpitaux bourdonnaient toujours, même dans leurs coins les plus calmes.

Mais la cafétéria au milieu de l'après-midi respirait *à peine* – juste le faible bourdonnement des distributeurs automatiques et le murmure occasionnel du personnel prenant un thé tardif.

Annabel et Evie entrèrent comme si elles avaient une raison d'être là. Et peut-être qu'elles l'avaient. Elles n'avaient pas besoin de demander où il était assis. Elles ont juste… *su.*

***

Il était dans un coin près de la fenêtre.

À une petite table pour lui tout seul.

Un roman de poche soigneusement plié à côté d'un gobelet en papier froissé.

Un sac messager était sous sa chaise.

Une écharpe grise était enroulée parfaitement autour de son cou, bien que la journée fût chaude.

Il leva les yeux quand elles s'approchèrent et sourit, comme s'ils étaient de vieux amis dont il s'était presque souvenu des noms.

«Vous cherchez quelqu'un ?» demanda-t-il, d'une voix calme, presque... Répété.

Annabel s'avança la première.

«Juste de passage. C'est calme aujourd'hui. »

« Généralement, c'est le cas, juste après les heures de visite », a-t-il répondu. « Vous avez raté le moment de pointe. »

Son accent était local, mais doux. Gentil.

Evie plana un pas en arrière, les yeux légèrement plissés.

«Vous travaillez ici ? »

« Non, non. Ma femme était en soins de longue durée ici... il y a quelque temps. » Il fit un geste vers la fenêtre. « Je n'ai juste jamais perdu l'habitude de passer. »

Il sourit à nouveau, et c'était parfaitement synchronisé.

« Ils m'appellent M. G. Je m'assoie ici. Je bois trop de thé au distributeur automatique. Je reste à l'écart. »

« Avez-vous encore de la famille à l'hôpital ? » demanda doucement Annabel.

« Non, » a-t-il simplement dit. « Personne n'est parti. »

Le silence qui a suivi n'était pas lourd.

C'était creux. *Comme l'intérieur de quelque chose déjà vidé.*

Il jeta un coup d'œil à Perséphone, cachée dans le porte-bébé d'Annabel.

«Bel animal. Un chat de thérapie ? »

« En quelque sorte, » a déclaré Annabel.

Perséphone lança à l'homme un long regard sans cligner des yeux.

Puis elle se détourna, se cachant hors de vue.

***

Ils ont dit aurevoir. Il a souri de nouveau.

Sourire poli. Chaud. *Impeccablement normal.*

Et alors qu'elles retournaient vers le couloir principal, Evie se pencha à l'intérieur.

« Sa voix est gentille, » a-t-elle dit.

« C'est vrai, » a répondu Annabel.

« Mais ses yeux… »

Elle frissonna.

« Ils ne correspondent pas à son visage. »

Annabel ne répondit pas.

Elle pensait toujours au fait qu' *il n'a pas demandé à qui elles rendaient visite.*

Chapitre 23

Annabel avait appris quelque chose d'important au fil des ans :

Les gens étaient *plus heureux en répétant ce qu'ils croyaient déjà savoir.*

Posez la bonne question sur le bon ton, et ils rempliront *les blancs pour vous.*

Il s'agissait simplement de collecter les blancs.

***

Elle a commencé à la réception.

« Vous avez vu l'homme avec le foulard, n'est-ce pas ? M. G ? »

La réceptionniste a souri. »Oh oui, il est adorable. Toujours là. Aide parfois les visiteurs à trouver leur chemin. Un peu comme un luminaire. »

« Connaissez-vous son nom complet ? »

Pause.

La réceptionniste fronça les sourcils.

« Non, je... Je pensais qu'il était en soins palliatifs. Ou peut-être la santé mentale ? Il est toujours en train de lire. »

***

Annabel discuta avec une infirmière junior à la machine à café près de l'orthopédie.

« Vous voulez dire l'homme près de la fenêtre ? Avec l'écharpe grise ? »

Annabel hocha la tête.

« Il avait l'habitude de rendre visite à quelqu'un en oncologie, je pense. Ou peut-être pas. Ça fait un moment. »

« Connaissez-vous son nom ? »

«Il ne porte pas de balise. J'ai pensé qu'il était un membre du personnel à la retraite. »

Annabel sourit poliment.

« Alors, personne ne le sait avec certitude ? »

L'infirmière haussa les épaules. »Il est juste... toujours là. »

***

Pendant ce temps, Perséphone faisait la moue dans son sac de transport souple.

Annabel l'avait emmenée pour l'heure de lecture des enfants, mais les choses avaient pris une autre tournure.

Lorsque la laisse a glissé sans être remarquée, personne n'a vu sa promenade dans le couloir latéral vers l'ancienne alcôve de la vente automatique.

Personne, sauf une femme de ménage, qui lui a donné une caresse derrière les oreilles et a marmonné : « Eh bien, bonjour, Queenie. »

Perséphone s'assit à côté d'un banc en tissu usé, la queue agitée.

Puis elle fixa – intensément – le coin en dessous.

***

Annabel remarqua la laisse manquante en premier.

« Oh non, Perséphone ? »

Elle la retrouva dix minutes plus tard, majestueuse et imperturbable, assise à côté de quelque chose à peine visible dans l'obscurité, près de l'alcôve du distributeur, sa queue battant avec un but discret.

Annabel s'approcha rapidement.

Avant de la gronder, elle remarqua ce à côté duquel elle rôdait : un livre mince et poussiéreux, à moitié glissé sous le banc.

Elle se pencha et le libéra.

La couverture du livre était mate, légèrement déformée par l'âge.

« L'art de bien mourir - Un guide pour une fin heureuse »

Pas d'inscription à l'extérieur.

Pas d'autocollant de la bibliothèque de l'hôpital.

Pas de code-barres.

Elle le glissa dans son sac.

« Nous y jetterons un coup d'œil à la maison, » murmura-t-elle.

Perséphone tendit une patte, comme si elle donnait son approbation finale.

***

De retour à Honeystone Cottage, Annabel laissa le livre intact sur le buffet pour le reste de la journée.

Ce n'est que lorsque le village tomba dans le silence de la nuit qu'Annabel y retourna.

Elle se sentait fatiguée et décida que ça... il faudrait attendre demain.

Chapitre 24

La cafétéria était à nouveau vide quand Annabel revint le lendemain matin.

Evie avait choisi de fouiller dans la structure de l'hôpital et les listes de personnel, mais Annabel ? Elle a suivi son instinct.

Ou plutôt... Celui de Perséphone.

Le chat tira doucement sur sa laisse, puis brusquement vers la gauche.

Elles s'écartèrent du couloir principal, passèrent devant l'alcôve des distributeurs automatiques et le banc affaissé par des années de visiteurs penchés.

Là, niché dans l'ombre, quelque chose craqua sous la patte de Perséphone.

Annabel s'accroupit, pour l'attraper.

Un petit bout de papier épais plié.

Elle l'ouvrit avec précaution.

« La miséricorde la plus silencieuse est celle que personne ne remarque. »
— M.F.

Son cœur battit une fois, lourd.

Pas de contexte. Pas de date. Pas de nom complet. Juste l'écho de l'intention.

Perséphone entoura ses chevilles, la queue haute, satisfaite.

« Toi, brillante créature, » murmura Annabel.

***

Plus tard dans l'après-midi, elle a rencontré Rita derrière le café de l'hôpital avec deux tasses à emporter et une brise dans l'air.

« Avez-vous déjà entendu parler de quelqu'un par les initiales M.F. ? »

Rita pencha la tête. « Pas sûr. Pas d'insigne de service ? »

« Non. Juste... une impression. Quelque chose que j'ai trouvé. »

Rita regarda vers la cour de l'hôpital.

« Il y a l'homme qui est assis près de la fenêtre – avec un foulard, cheveux gris. Toujours en train de lire. Silencieux. »

Annabel retint son souffle.

« Connaissez-vous son nom ? »

«Je n'ai jamais demandé. Juste qu'il semble... comme s'il était à sa place. Tu sais? Comme un élément de construction. »

« Pensez-vous que quelqu'un d'autre le sache ? »

«Ce qui est drôle, c'est que je n'ai jamais entendu personne l'appeler par son nom. Mais il est toujours là. »

***

Ce soir-là, Annabel retourna à Honeystone Cottage et attrapa enfin le livre qui était resté sur le buffet depuis que Perséphone l'y avait conduite.

« L'art de bien mourir - Un guide pour une fin heureuse »

Elle prit le livre. Rien à l'extérieur.

Mais alors... C'était là.

Une seule plaque nominative, à peine visible, écrite à la main à l'intérieur :

Ce livre appartient à : Malcolm Frayne

Elle cligna des yeux. Les initiales.

Puis elle tourna lentement le livre. À mi-chemin, un passage était souligné, d'un trait discret et délibéré.

« Mettre fin à la douleur, ce n'est pas tuer, c'est soulager. »

Et en dessous, une petite marque de crayon :

M.F.

Annabel resta immobile.

La citation.

La note.

Les yeux depuis le siège près de la fenêtre.

Tout commençait à s'aligner.

Derrière elle, Perséphone sauta sur le rebord de la fenêtre et regarda la nuit, la queue immobile.

Et Annabel murmura pour la première fois ce nom à haute voix :

« Malcolm Frayne. »

***

Le pub du Lièvre et le limier étaient chaud avec l'odeur de la bière, des noix grillées et trois disputes différentes à propos des pommes de terre.

Evie se glissa dans la cabine d'angle où Annabel l'attendait, Perséphone somnolant à côté d'elle comme un pain félin sur la banquette.

Une théière à moitié bue fumait tranquillement entre elles.

«Bien, » a dit Evie. « Tu avais l'air effrayante au téléphone. Qu'est-ce que tu as ? »

Annabel ouvrit le livre avec précaution, la reliure ancienne craquant sous le poids des doigts.

« Je l'ai trouvé sous le banc où notre ami en écharpe s'assoit habituellement. »

Elle glissa le billet plié sur la table.

Evie le lut à haute voix.

« *La miséricorde la plus silencieuse est celle que personne ne remarque.* »

Sa voix baissa. « M.F. »

Annabel hocha la tête.

« Maintenant, regarde à l'intérieur. »

Evie se retourna vers l'avant.

« Malcolm Frayne. »

Elle s'arrêta. «Donc, les initiales correspondent. Tu penses que c'est l'homme à la fenêtre ? »

«Je pense que c'est plus que cela. Je pense qu'il surveille l'hôpital parce qu'il le connait déjà. Trop bien. »

« Et tu penses qu'il est lié à ces morts ? »

« Je ne sais pas encore. Mais nous devons le traiter comme une possibilité sérieuse. »

Evie se pencha en arrière.

« Vous voulez faire une planque. »

« Je veux savoir ce qu'il fait quand personne ne regarde. »

« Cette fois, ne soyons pas les seules à regarder. »

***

Bernard s'approcha du bar, un plateau de deux tartelettes à la crème à la main et l'air enclin à semer la zizanie.

« Vous ai-je entendu parler de Malcolm Frayne ? »

Annabel cligna des yeux. « Tu connais le nom ? »

« Bien sûr. Tout le monde dans ce village connaît tout le monde... ou du moins leurs courses. »

« C'est Frayne qui vit dans cette chaumière envahie par la végétation au-delà du verger. Il ne vient pas souvent en ville. Un peu comme un fantôme, vraiment. »

«Les gens disent qu'il achète des craquelins nature, pas de beurre. Paie toujours la somme exacte. Il ne sourit jamais. Il vous regarde comme si vous étiez déjà derrière une vitre. »

Evie : *« Charmant. »*

« Certaines personnes portent le silence comme si c'était une arme, » a déclaré Bernard, en tapotant une fois la table.

« Soyez prudentes avec celui-là. »

***

Ce soir-là, après que le thé ait été remplacé par du café fort, Annabel a appelé l'agent de police Tom Oakes.

« J'ai besoin de te demander une faveur, Tom. »

Elle lui a parlé de l'homme.

La citation.

Le motif.

«Je ne dis pas qu'il est coupable de quoi que ce soit. Mais je crois qu'il n'est pas celui que les gens pensent qu'il est. »

« Tu veux du renfort ? »

«Juste une paire d'yeux supplémentaire. Vous saurez ce qu'il faut rechercher mieux que nous. Mais gardez un profil bas. S'il vous plaît. »

Tom n'a pas hésité.

« Envoie-moi le nom et l'endroit où tu seras. »

« Tilney Lane. Le vieux cottage.

Chapitre 25

Le crépuscule tombait lorsqu'Annabel gara la voiture sur l'aire de stationnement en gravier près de Tilney Lane.

Perséphone était assise sur la banquette arrière, regardant le monde avec l'expression de quelqu'un qui avait été légèrement incommodé par une injustice cosmique indicible.

Evie se retourna sur son siège, pour regarder l'étroite route bordée de haies.

«Alors, c'est ça ? Le vieux chalet effrayant dans les bois. C'est classique. »

Annabel hocha la tête, les mains toujours légèrement posées sur le volant.

« Bernard a dit que c'était celui qui se trouvait au-delà du verger. On ne l'a pas beaucoup vu en ville. »

«Et nous sommes là juste... pour observer ? »

« Pour l'instant. »

***

L'agent de police Tom Oakes est arrivé dix minutes plus tard dans une voiture banale qui se fondait dans le décor des haies par son souci d'invisibilité.

Il sortit, s'approcha de la fenêtre et s'accroupit du côté passager.

« Mesdames. »

« Merci d'être venu, » a dit Annabel. « Officieusement. »

« Je ne sais toujours pas ce que je cherche. »

Elle lui tendit le billet plié.

Il l'a lu une fois. En revanche.

« La miséricorde la plus silencieuse est celle que personne ne remarque. »

Il expira. « C'est... quelque chose. »

« C'est le ton, » a déclaré Annabel. « Pas une menace. Pas un aveu. Mais une intention. »

« Et il est toujours là-bas ? »
demanda Tom. « À l'hôpital ? »

« Pendant des mois. Peut-être plus
longtemps. »

Evie se pencha légèrement vers
l'extérieur.

« Nous n'enfonçons pas les portes.
On veut juste voir s'il bouge...
comment il vit... si cela correspond au
genre d'homme qui passe entre les
mailles du filet. »

Tom hocha la tête. « D'accord. Je
vais faire une boucle. Restez dans les
arbres. »

***

Le cottage lui-même était à moitié englouti par le lierre et le temps.

C'était le genre de maison que vous avez héritée d'un oncle que personne n'aimait et dont on n'a plus jamais parlé.

Une lumière était allumée à l'étage.

Une autre vacillait faiblement près de la cuisine.

Les rideaux étaient tirés. Tous sauf un.

Annabel regardait la fenêtre à travers des jumelles.

Evie mâchait une barre de céréales comme si elle pouvait être empoisonnée.

« Rien, » marmonna Evie. « Aucun mouvement. Non... »

Elle s'arrêta.

« Attendez. »

Une forme se déplaça lentement à l'intérieur. Une grande silhouette, portant quelque chose de rectangulaire sous un bras.

Il passa devant la fenêtre. Il n'a pas regardé dehors. Il ne s'est pas arrêté.

La voix de Tom se fit entendre doucement sur le téléphone d'Annabel.

«Je l'ai. Il fait les cent pas. Comme s'il attendait. Il semble... concentré. »

« Sur quoi ? » demanda Annabel.

« Je ne sais pas, » a répondu Tom. « Mais j'ai l'impression qu'il n'est pas seul. »

***

Puis Perséphone, recroquevillée et silencieuse sur la banquette arrière, s'assit.

Ses oreilles s'aplatirent.

Elle siffla.

Pas bruyamment. *Mais de façon ciblée.*

Vers les arbres.

Annabel se figea.

« Avez-vous vu quelque chose ? » a demandé Evie.

« Non. »

Annabel tourna lentement la tête, les yeux scrutant les ombres derrière eux. Un léger bruissement. Un lapin ?

Un homme?

Elle ne savait pas.

Mais elle savait une chose :

Quand elle regarda en arrière vers le chalet...

Malcolm Frayne était à la fenêtre.

Les regardant droit dans les yeux.

Immobile. Pâle. Les yeux vides comme le verre devant lui.

Et puis... Il sourit.

***

« Il sait, » murmura Evie.

« Il a toujours su, » a répondu
Annabel.

Chapitre 26

La chaumière était silencieuse.

Les mêmes haies se penchaient autour de Tilney Lane. Le même portail affaissé. Mais là où il y avait autrefois des scintillements de lumière, des ombres changeantes et un homme qui regardait derrière la vitre, maintenant... Il n'y avait rien.

Pas de lumières.

Aucun mouvement.

La boîte aux lettres grinçait doucement au vent, un seul prospectus sortant comme une langue.

Annabel et Evie se tenaient près de la voiture lorsque Tom s'approcha de la porte d'entrée.

Il a frappé – ferme, d'une façon professionnelle.

Il a attendu.

Et a frappé à nouveau.

« Il est parti, » dit Evie doucement.

« Ou s'est caché, » a répondu Tom. « Mais pas pour longtemps. »

Il se tourna vers les fenêtres, puis vers la lumière du porche, qui s'éteignit et jaunit.

Il a lancé l'appel à voix basse – une demande d'entrer pour un contrôle de bien-être comme précaution.

Quelqu'un avec une présence inexpliquée à l'hôpital, laissant des notes inquiétantes et avec aucun proche parent connu.

Il n'a pas fallu longtemps pour que l'approbation arrive.

***

Tom poussa la porte avec une douce fermeté, Annabel et Evie derrière lui. Perséphone resta recroquevillée dans la voiture, la queue battant le siège comme si elle désapprouvait *tout*.

À l'intérieur, l'air était calme. Sec. Stérile.

Pas d'odeur de vie. Pas de chaleur.

Le couloir était étroit. Le sol nu.

Il n'y avait pas de photos de famille. Pas de chaussures. Pas de manteaux.

Toutes les surfaces étaient propres. Pas sales, mais *impeccables*.

« On n'a pas l'impression que quelqu'un y vit, » murmura Evie. « On a l'impression que quelqu'un attend. »

***

Ils se déplacèrent prudemment dans l'espace.

Dans la cuisine, il y avait une seule tasse et une soucoupe immaculée, une miche de pain intacte et du lait périmé non ouvert sur le comptoir. Il n'y avait rien d'encombrement ni de chaleur pour indiquer que quelqu'un vivait là.

Dans le placard du couloir, Tom trouva des piles de foulards gris identiques et des boîtes de cahiers vierges.

Annabel s'arrêta près d'une porte à demi fermée.

Tom hocha la tête pour qu'elle l'ouvre. C'était l'étude.

Et ici, enfin, le froid s'installa.

Le bureau était immaculé. Mais au-dessus, épinglés à un tableau en liège, se trouvaient des impressions de plans d'étage d'hôpitaux, des photos de couloirs et des notes avec des heures, des dates et des initiales.

Un dépliant de l'hôpital était épinglé au centre avec les heures de visite : *9h00 - 18h00.* Souligné.

À côté, dans des notes manuscrites : *« La vraie miséricorde n'attend pas la permission. »*

Annabel le regarda fixement.

«Il suivait les mouvements. Du personnel. Des patients. »

Tom traversa le couloir pour ouvrir la seconde porte. Il essaya la poignée. Mais elle était verrouillée.

Il fronça les sourcils.

« Cadenassé de l'extérieur. »

La voix d'Evie était calme.

« Comme s'il voulait garder quelque chose à l'intérieur. »

Ils n'ont rien dit après cela.

Le calme n'était plus paisible.

C'était *précis*.

***

Dehors, le soleil glissait à travers les arbres, et Perséphone leva la tête sur le siège arrière, les oreilles en alerte.

« Il savait que nous regardions, » dit finalement Tom, verrouillant la porte derrière lui.

« Et il n'a pas couru. »

Annabel regarda une fois vers les bois, puis vers le chemin au-delà du verger.

« Non, » a-t-elle dit doucement.

« Il a disparu *exactement au moment où il le voulait.*»

Chapitre 27

La cafétéria de l'hôpital n'était pas plus bruyante sans lui.

Mais quelque chose clochait.

Rita se tenait devant le distributeur automatique, fixant une rangée de chips rassis et des LED clignotantes illuminaient le visage d'une infirmière qui passait devant elle, portant deux plateaux en équilibre.

« Vous savez ce qui est bizarre ? » a dit l'infirmière, faisant à peine une pause.

« Cet homme avec l'écharpe. Toujours près de la fenêtre. Je ne l'ai pas vu depuis la semaine dernière. »

Rita se retourna, les sourcils levés.

« Ah. Vraiment. Ouais.

«Je veux dire, je ne lui ai même jamais parlé. Mais maintenant qu'il n'est plus là, c'est comme... Quelque chose n'est pas à sa place. Comme si quelqu'un avait déplacé le tableau que vous n'aviez jamais remarqué – mais maintenant le mur a l'air faux. »

L'infirmière était partie avant que Rita n'ait pu répondre.

Elle resta là un moment de plus, pensive.

Puis elle laissa les chips derrière elle et partit à la recherche d'Annabel.

***

Dans la salle de pause, autour d'une tasse de thé tiède, elle s'assit avec Annabel et Evie, toutes deux habillées comme si elles n'avaient pas quitté l'ombre de Tilney Lane.

« Toujours aucune nouvelle de lui ? » demanda Rita.

« Rien », répondit Annabel. « Il a disparu. »

Evie remua son thé sans y toucher.

« C'est bien le problème », murmura-t-elle. « Il est trop doué pour disparaître. Trop discret. Comme s'il s'était entraîné. »

Les yeux de Rita se plissèrent.

« Attendez. L'homme à l'écharpe... c'est Frayne ? »

« Oui, » dit doucement Annabel. « Le connais-tu ? »

Rita secoua lentement la tête.

« Non. Mais... quelqu'un a dit quelque chose. Il y a quelques semaines. Je n'y avais pas pensé jusqu'à maintenant. »

Elle se leva brusquement, fit les cent pas, puis se retourna.

« L'une des infirmières en soins palliatifs, Ellie, l'a mentionné. Elle a dit qu'il avait posé des questions sur les bouteilles d'oxygène. Pas seulement en passant. Comme... Il savait comment ils étaient organisés. »

« Qu'a-t-elle dit exactement ? » Demanda Annabel, d'une voix ferme.

« Elle a dit... »

Rita s'arrêta.

« *Cet homme tranquille — celui qui était toujours à la cafétéria — il a posé des questions sur les bouteilles d'oxygène. Il a dit qu'il avait déjà suivi une formation en soins palliatifs.*»

Un silence s'installa entre eux.

Celui-ci n'était pas paisible.

« Pourquoi un visiteur saurait-il quoi que ce soit sur les systèmes d'oxygène ? » dit Evie sèchement.

« Ou demander ? » Annabel a ajouté.

Rita murmura :

« Il savait comment tout fonctionnait. »

Et il savait qui ne manquerait pas.

***

Tom Oakes entra dans la salle de repos dix minutes plus tard, convoqué par un texto silencieux.

Annabel lui tendit une note – le papier plié d'origine.

La citation.

« La miséricorde la plus silencieuse est celle que personne ne remarque, » a-t-il lu.

Il hocha la tête une fois.

« Je vais déposer un mandat complet. »

Chapitre 28

Le mandat est arrivé en milieu de matinée.

Tom Oakes rencontra Annabel et Evie devant la maisonnette envahie par le lierre, sur Tilney Lane, son expression plus dure que d'habitude.

Il ne perdait pas de temps en plaisanteries.

« Nous y allons lentement, » a-t-il dit en dépliant le mandat. « Nous ne touchons à rien à moins que je ne le dise. »

Cette fois, Perséphone est restée à la maison.

Personne ne voulait mettre les pattes sur ce qui attendait derrière la porte verrouillée.

***

À l'intérieur, le cottage était exactement comme ils l'avaient laissé : propre, clairsemé et froid d'une manière qui ne provenait pas des fenêtres pleines de courants d'air.

Le couloir à l'arrière menait à la même porte lourde.

Tom fit glisser le boulon en arrière avec un grincement métallique.

La porte s'ouvrit sans résistance.

Mais l'air ambiant était… étrange.

Pas vicié.

Juste *immobile*.

Comme si personne n'avait respiré ici depuis des semaines.

***

Des tableaux blancs bordaient les murs, du sol au plafond.

Chaque centimètre était recouvert d'une écriture méticuleuse.

Prénoms.

Quartiers.

Dates.

Heures de décès.

Certains noms étaient entourés en vert.

D'autres barrés en rouge.

L'un d'eux portait un astérisque discret.

Evie s'avança.

« Ce sont des patients. »

Annabel scruta les noms. Sa voix était serrée.

« Et ces trois-là - ils sont tous récents. »

Tom les lut à haute voix :

- Nora Linwood
- Morris Elford
- Rowena Hale

Et en dessous, le nom final – ni encerclé, ni barré.

Nouvellement écrit, d'une façon précise :

Annabel Deighton Lennox

Evie se figea.

« Il avait ton nom ici ? »

Annabel ne bougea pas.

« Je ne suis pas une patiente. Il doit me voir comme quelque chose d'autre. »

« Une menace ? » a demandé Evie.

« Une interruption, » a-t-elle répondu.

***

Tom se dirigea vers le bureau dans un coin, sous l'un des tableaux blancs.

À l'intérieur d'un tiroir :

- Piles de notes
- Horaires des hôpitaux
- Plans des quartiers
- Registres de nuit manuscrits

- Agencement des systèmes d'oxygène
- Noms des infirmières

« Il observait depuis des années, » marmonna Tom.

Près de la porte, un petit panneau de liège ne contenait qu'une seule chose :

Un tract d'hôpital, épinglé comme un spécimen.

Service : Rosewood

Lecteur bénévole – Aile des enfants

A.L. Deighton

(« *généralement accompagnée d'un chat,* » *griffonné au crayon*)

***

Les yeux d'Evie parcouraient la pièce, scrutant.

« Ma tante n'est pas là. »

Le regard d'Annabel resta sur les planches.

« Il semblerait qu'il l'ait nettoyée, » a-t-elle dit. « Il ne garde pas ce qui est fini. »

Evie serra la mâchoire.

« Alors, qu'est-ce que c'est que ça ? Une carte de pointage ? »

« Un système de croyance, » a répondu Annabel. « Un rituel. De la pitié, dans ses yeux. »

Elle regarda vers la petite chaise en bois posée contre le mur du fond.

Elle se tenait, face à rien.

Au-dessus, écrit soigneusement au marqueur :

« La miséricorde doit être méthodique. »

***

Tom recula et attrapa son téléphone.

« Nous en avons assez maintenant, » a-t-il déclaré. « J'appelle la station. »

Annabel regarda fixement le dernier nom sur le tableau.

Son nom.

« Il savait que nous étions proches, » murmura-t-elle.

« Et il s'y préparait aussi. »

Chapitre 29

L'appel provenait d'un nom que Tom ne reconnaissait pas.

Elle s'est présentée comme Elspeth Wren, infirmière en soins palliatifs à la retraite.

Elle avait vu les rapports. Elle reconnut le visage dans le journal. Elle a dit qu'elle ne voulait pas de gros titres. Elle voulait juste qu'ils sachent *qu'il n'était pas toujours comme ça.*

***

Ils l'ont rencontrée sur un banc tranquille près du jardin de l'hospice à Harlowe, deux villes plus loin.

Elspeth avait soixante-dix ans, une posture d'oiseau mais un ton ferme.

« Vous n'êtes pas ici pour lui trouver des excuses, » dit Annabel d'un ton égal.

« Non, » a répondu Elspeth. « Je suis ici parce que le silence n'aide personne. »

***

Elle leur a raconté l'histoire d'un jeune homme qui, il y a une dizaine d'années, était bénévole dans une unité de soins de longue durée.

« Il était étrange, mais doux. Intense. Il écoutait plus qu'il ne parlait. Il prenait les quarts de travail que les autres ne voulaient pas. »

Elle prit une inspiration.

« Il avait un ami. Un homme. Je ne sais pas s'ils étaient… mais il y avait de l'amour entre eux. Discret, intense. Cet homme est arrivé avec un cancer. À un stade avancé. Malcolm est resté chaque heure qu'il le pouvait. »

« Quand la situation s'est aggravée… quand c'est devenu cruel… Il a changé. »

« Il posait des questions auxquelles personne ne voulait répondre. À propos de combien de temps. Sur la raison pour laquelle nous avons attendu. »

« Il a dit... »

Elle baissa les yeux.

« Il a dit que c'était de la gentillesse d'arrêter ce qui ne pouvait pas être guéri. »

Evie a chuchoté : « Et personne ne l'a arrêté ? »

« Il n'avait rien fait *à ce moment-là*, » a déclaré Elspeth. « Il était silencieux. Mais un jour, l'homme est mort... et Malcolm a disparu. »

***

La voix d'Annabel était calme.

« L'aviez-vous signalé ? »

« Il n'y a rien à signaler, » a déclaré Elspeth. « Mais je me souviens. Parce qu'il a dit quelque chose avant de partir. »

Elle ferma les yeux, répétant lentement.

« Il y a des fins si cruelles qu'elles font passer la gentillesse pour un crime. »

***

Ils s'assirent un instant avec elle.

Une simple *douleur* — celle qui peut se transformer en véritable calvaire entre de mauvaises mains.

« Il croit faire preuve de clémence », finit par dire Evie. « Mais il vole des avenirs. » « Et maintenant, il te voit

comme celle qui interrompt le rituel »,
ajouta Tom en regardant Annabel.

***

Ils remercièrent Elspeth. Elle n'a
rien demandé en retour.

« Arrêtez-le, » a-t-elle dit.

« Avant que quelqu'un d'autre ne
commence à penser qu'il avait
raison. »

Chapitre 30

C'était la première page du Suffolk Chronicle.

Deuxième colonne. Pas de titre.

Juste une image en noir et blanc et un nom en dessous :

« Malcolm Frayne — Personne d'intérêt dans l'enquête hospitalière »

***

Tom Oakes se tenait près du panneau d'affichage à l'intérieur du bureau de poste de Little Firling, observant les réactions.

Les gens plissaient les yeux.

Ils ont lu.

Ils ont murmuré.

« C'est l'homme de l'hôpital, n'est-
ce pas ? »

« Je pensais qu'il travaillait là-
bas. »

« Toujours assis près de la fenêtre.
Il ne disait pas grand-chose. »

« Ça me donne des frissons
maintenant, en le regardant. »

***

De retour à Honeystone Cottage,
Annabel s'assit à la table de la cuisine,
le papier plié à côté d'elle.

Evie s'appuya contre le comptoir ;
les bras croisés. Perséphone était

exceptionnellement immobile sur le rebord de la fenêtre.

« Tu crois qu'il va le voir ? » a demandé Evie.

« Il le sait déjà, » répondit doucement Annabel. « Mais maintenant, il sait que nous voulons que le reste du monde le voie aussi. »

***

Dans l'après-midi, la lettre est arrivée.

Une enveloppe unie.

Pas d'adresse de retour.

Juste son nom.

Dre Annabel L. Deighton

À l'intérieur : une seule feuille de papier épais, pliée une fois.

Pas de salutation. Pas de signature. Juste les mots, écrits à l'encre trop soignée pour sembler naturels :

« La miséricorde finale, c'est le silence. »

« La gentillesse finale, c'est l'effacement. »

« Tu sais pourquoi je t'ai choisie. »

En dessous, une ligne :

« Le jardin. Là où cela commence et finit.

***

Evie le lut par-dessus son épaule.

« Est-ce une menace ? »

«Non, » a dit Annabel. « C'est une invitation. »

Tom est arrivé quelques minutes plus tard. Il lut la lettre ; mâchoire serrée.

« Quel jardin ? »

Annabel n'a pas hésité.

«Celui derrière Rosewood Ward. L'hôpital.

***

« Il va retourner? » murmura Evie. « Après tout cela ? »

« Il n'est jamais parti, » a déclaré Annabel. « Pas dans sa tête. »

Tom plia la lettre.

« Nous y allons en silence.
Maîtrisé. Il veut un rituel ? »

Il regarda entre elles.

« Puis nous y mettrons fin à notre
façon. »

Chapitre 31

Ils se préparèrent aussi tranquillement que l'homme qu'ils chassaient.

Tom Oakes s'arrangea pour que des agents en civil surveillent les allées du jardin derrière Rosewood Ward.

Le personnel a été informé. Pas de panique.

Pas d'annonce.

Le jardin est resté ouvert.

Bancs balayés. Arbustes taillés.

Une seule chaise en bois placée à côté de la fontaine – une réplique de celle trouvée dans la maison de Frayne.

« Vous pensez qu'il va mordre à l'hameçon ? » a demandé un officier à Tom.

« Il ne vient pas pour le fauteuil, » a déclaré Tom.

« Il vient pour elle. »

***

Annabel est arrivée juste après le coucher du soleil.

Le ciel derrière elle était d'un doux mauve, reflet de la lumière déclinante.

Elle ne portait pas de manteau. Pas de sac. Pas de bouclier.

Seulement le calme.

Evie attendait non loin de là, hors de vue, surexcitée et furieuse.

Perséphone avait été laissée à contrecœur à la maison, *bien qu'elle ait fait les cent pas près de la porte pendant une heure entière comme si elle savait que quelque chose n'allait pas.*

***

Il est arrivé sans avertissement.

Une forme s'est déplacée du chemin derrière le treillis.

Sans précipitation. Sans se cacher.

Malcolm Frayne entra dans le jardin comme s'il y avait toujours été.

Ni chapeau, ni écharpe.

Juste son long manteau et des yeux qui clignaient rarement.

Il s'approcha du fauteuil, mais ne s'assit pas.

« Docteur Deighton. »

« Monsieur Frayne. »

« Vous avez fait tout un spectacle d'une chose qui devait rester privée. »

« Vous avez fait de la miséricorde un rituel public », répondit-elle. « Vous ne choisissez plus qui vous remarque. »

Il inclina la tête, l'observant. «Croyez-vous que je vous déteste ? »

« Non, » a dit Annabel. »Je pense que vous croyez que c'était votre histoire. Mais les gens n'arrêtaient pas d'interrompre le script. »

« Morris Elford était en convalescence, » a-t-elle poursuivi.

« Nora Hensley n'était pas seule. Vous les avez choisis parce que vous pensiez que personne ne le contesterait. »

« Et moi ? » demanda-t-elle, d'une voix basse.

Frayne la regarda, sans broncher.

« Vous étiez trop près. Vous auriez démêlé le fil. Il est plus facile de faire taire avant que ça ne s'effiloche. »

***

Elle s'avança.

« La miséricorde n'efface pas. Elle témoigne.

Ce que vous avez fait n'était pas un acte de douceur. C'était un acte de lâcheté. »

Ses doigts se contractaient sur ses côtés.

« Ils souffraient. »

« Et certains guérissaient. »

« La douleur revient, » murmura-t-il. « Même après l'espoir. Surtout à ce moment-là. »

***

Derrière la haie, les agents se sont déplacés.

Tom apparut lentement.

Frayne n'a pas couru.

Il se tourna simplement vers la fontaine, respirant profondément, comme s'il avait répété ce moment mille fois.

« Il n'y a plus de paix, » a-t-il dit.

« Pas pour vous, » a répondu Annabel. «Mais pour eux, oui. Enfin. »

***

Il s'est retourné, les mains tendues.

« Alors, que ce soit fini. »

Tom le menotta doucement.

Frayne n'a pas résisté.

Comme ils l'emmenaient, il regarda une fois de plus vers Annabel.

« Vous m'avez vu. Même quand personne d'autre ne l'a fait. »

Elle n'a pas répondu.

***

Evie s'avança à côté d'elle alors que le jardin se vidait.

« C'est tout? »

« C'était lui », dit Annabel. « Un silence total. Jusqu'au bout. »

Épilogue

Les jours étaient devenus plus frais.

Les derniers dahlias à l'extérieur de Honeystone Cottage se sont inclinés dans la brise et ont tenu bon un peu plus longtemps.

À l'intérieur, la bouilloire sifflait et Perséphone s'étendait sur le sol chauffé par le soleil, une patte fléchissant paresseusement avec approbation.

Annabel versa du thé sans parler.

Evie était assise à la table de la cuisine, une petite enveloppe devant elle.

« Tom l'a envoyé ce matin, » dit Annabel doucement tout en s'asseyant en face d'elle.

Evie ouvrit la lettre d'une main ferme.

«« Sept cas confirmés. C'est ce que pense l'enquête pour l'instant. Peut-être plus. Tous coïncidaient avec la présence de Frayne. »

« Le décès de ma tante correspond à ce schéma. Même quart de travail. Même infirmière. Aucun signe avant-coureur. »

Sa voix s'arrêta, mais seulement pour un instant.

« Il n'a pas écrit son nom sur le tableau. »

« Mais il se souvenait d'elle. Je le sais. »

***

Le silence s'installa.

Perséphone cligna des yeux vers Evie, puis se retourna et se recroquevilla à ses pieds.

Evie se pencha et caressa sa fourrure, une fois, deux fois.

« Elle n'a pas été oubliée, » a déclaré Evie. « Plus maintenant. »

Annabel remua son thé.

« Il y a encore du chagrin, » a-t-elle dit.

« Mais maintenant, il y a aussi la vérité. »

***

Elles se sont assises ensemble dans le calme, elles n'étaient plus hantées, *elles ne faisaient que laisser de la place* pour tout ce qui avait été déterré.

Dehors, le vent faisait bruisser les dernières feuilles d'été.

Et dans le jardin, le romarin avait recommencé à fleurir.

« Pour le souvenir, » dit Annabel, à moitié pour elle-même.

Evie sourit. « Et pour la justice. »

À venir : Meurtre scellé dans le silence

Un mystère Little Firling – Livre 10

Lorsqu'une violente tempête déchire le village endormi de Little Firling,

Il met au jour plus que des murs brisés et des champs inondés.

Sous les ruines de Hollowdene House — longtemps abandonnée, longtemps évoquée à voix basse — repose un secret scellé dans la pierre.

Un crime silencieux enfoui depuis des décennies.

Un garçon que le village avait oublié.

La professeure Annabel Lennox Deighton, Evie Barnes et l'indomptable Miss Perséphone se retrouvent au cœur d'un mystère qui refuse de se taire, un mystère qui demande à être entendu.

Parce que certaines portes n'ont jamais été destinées à être fermées.

Et certaines voix – peu importe combien de temps elles sont enterrées – trouveront toujours un moyen de revenir à la lumière.

Little Firling retient à nouveau son souffle.

Et cette fois-ci, le passé ne sera pas silencieux.

À propos de l'auteure

Belinda écrit des mystères stratifiés où la mémoire persiste, les paysages se souviennent et le silence parle plus fort que les mots. Ses histoires glissent entre le littéraire et l'intime, à la fois suspense atmosphérique et règlement de comptes silencieux. Enraciné dans un amour pour les îles, l'histoire et les vérités cachées, son travail invite les lecteurs à s'attarder dans l'entre-deux.

Elle croit que certaines terres portent en elles l'écho de tout ce dont elles ont été témoins – chagrin, joie, trahison – et que la nostalgie d'un lieu est un type d'histoire à part entière.

Elle écrit également des histoires sincères pour enfants qui murmurent du courage dans des cœurs tranquilles. Avec des coccinelles magiques, des chênes qui sauvent des histoires et des petites filles courageuses comme Maia, Belinda espère aider les jeunes lecteurs à trouver leur propre voix et à l'utiliser avec audace.

Lorsqu'elle n'écrit pas, Belinda s'occupe de son jardin, guidée par le bruissement des feuilles, l'odeur de la terre et la compagnie tranquille de

deux chats qui semblent toujours en
savoir plus qu'ils ne le disent.